애도의 문장들

애도의 문장들
삶의 마지막 공부를 위하여

초판 1쇄 인쇄 2020년 10월 20일
초판 1쇄 발행 2020년 10월 30일

지은이　김이경
펴낸이　이영선
책임편집　김선정 이민재

편집　이일규 김선정 김문정 김종훈 이민재 김영아 김연수 이현정 차소영
디자인　김회량 이보아
독자본부　김일신 김진규 정혜영 박정래 손미경 김동욱

펴낸곳 서해문집 | 출판등록 1989년 3월 16일(제406-2005-000047호)
주소 경기도 파주시 광인사길 217(파주출판도시)
전화 (031)955-7470 | 팩스 (031)955-7469
홈페이지 www.booksea.co.kr | 이메일 shmj21@hanmail.net

ⓒ 김이경, 2020
ISBN 979-11-90893-34-3　03810

이 도서의 국립중앙도서관 출판예정도서목록(CIP)은 서지정보유통지원시스템 홈페이지(http://
seoji.nl.go.kr)와 국가자료공동목록시스템(http://www.nl.go.kr/kolisnet)에서 이용하실 수
있습니다.(CIP제어번호: 2020043213)

애도의 문장들

삶의

마지막 공부를

위하여

김이경

서해문집

나는 죽음을 안다고 생각했다. 책을 읽고 영화를 보며 은밀히 동경하고 수없이 초월했던 것이 죽음이니까. 그러나 막상 가까운 이들이 생사의 기로에서 괴로워하는 모습을 보자, 동경과 초월은 사라지고 고통과 두려움이 엄습했다. 비로소 내가 죽음을 모른다는 걸 알았다.

그때부터 공부를 시작했다. 중간 중간 농땡이도 치고 딴청도 피웠지만 십 년 넘게 붙잡고 있었다. 어느 날 친구가, 그동안의 공부로 뭘 알게 됐냐고 물었다. 얼굴이 화끈거렸다. 책도 제법 읽고 고민도 많이 했는데 단편적인 지식만 좀 늘었을 뿐, 여전히 막막하고 아는 게 없었다. 한심했다. 세상 소용없는 게 죽음 공부라는 생각이 들었다. 책을 덮고 죽음을 떠났다.

　다시 책을 펼친 건 칠팔 년 전. 천천히 마지막을 향해 가는 아버지를 보며, 자꾸만 무너지는 몸과 마음을 다잡으려 책을 뒤적이기 시작했다. 삽질하는 심정으로, 알든 모르든, 모르면 모르는 대로 그냥 읽었다.

　그리고 끝내 그날이 왔다. 이전에 겪어본 적 없는 시간이 닥쳤다. 그 앞에서 내가 할 수 있는 유일한 일은 읽는 것뿐이었다. 텅 빈 눈으로 읽는 세상은 전과는 달랐다. 익숙한 풍경들이, 빤하게 여겼던 문장들이, 새삼스러운 무게로 가슴을 쳤다. 도처에서 행간에 밴 슬픔과 고뇌를 발견하고 고개를 숙였다. 그간 내가 얼마나 많은 것을 보지 못했는지, 얼마나 많은 안간힘들을 쉽게 지나쳤는지, 그제야 알았다. 이 세상을 지탱하는 것은 욕망이 아니라 슬픔이란 것도 배웠다.

이 뒤늦은 후회와 배움을 담아 책을 쓰기 시작했다. 도중에 작파했다가 다시 쓰기를 몇 차례. 감당할 수 없는 일인 줄 알면서도 포기하지 못했다. 잘한 일인지는 모르겠다. 사는 일이나 쓰는 일이나 똑같구나 싶다. 끝까지 해내기 위해 때론 전부를 걸어야 하고, 때론 그것이 전부이기도 하다.

이 작은 책을 쓰는 데 참 오래 걸렸다. 그 시간 동안, 붙잡으려 애쓰던 것들을 하나둘 잃었고 거듭해서 내 한계를 직면했다. 무겁고 무서운 시간을, 나보다 먼저 겪은 이들이 남긴 문장에 의지해 건넜다. 이 책은 그 문장들로 버텨온 시간의 기록이다.

'울다'는 아버지가 가신 뒤에 쓴 애도 일기다.

아버지를 마음으로부터 떠나보내며 삼년상의 의미를 실감했다. 흔히 말하는 호상에 비해 긴 애도였기에 의아해하는 이들이 많았다. 사랑을 많이 받았나 보다고 부러워하는 이들도 있었다. 아버지를 넘어서기 위해, 당신에게 인정받고 사랑받기 위해 오래 싸워온 내게는 막막한 말이었다. 아버지는 내 삶의 가장 큰 대상이었다. 노년과 죽음에 대해 묻고 이야기할 수 있는 거의 유일한 벗이자 스승이었다. 그런 당신을 잃자 의미가 사라졌다. 애도의 시간이 길게 이어졌다. 어쩔 바를 모를 때마다, 슬픔이 불쑥불쑥 치밀 때마다, 정처 없는 마음을 아무 데고 적었다. 그렇게 종이 위에 꺼내어 눈물을 말리고, 우는 나를 들여다보고 당신을 돌아보는 동안, 당신은 저만큼 멀어졌고 나는 웃으며 안녕! 할 수 있게 되었다.

이제 와 마음의 밑바닥을 보이는 것이 망설여지나, 내가 그랬듯 애도의 시간을 보내는 누군가에게는 이 두서없음조차 위로가 될 수 있기에 부끄러움을 무릅쓰고 내놓는다. 사별의 아픔쯤은 홀홀 털어버리고 씩씩하게 사는 걸 당연히 여기는 세상이지만, 나처럼 오래 우는 사람도 있다는 걸 알면 서로에게 조금 너그러워질 수 있지 않을까.

'배우다'는 그동안 죽음에 관해 공부해온 내용을 정리한 것이다.

처음엔 죽음이란 무엇인가 하는 추상적 질문을 갖고 철학, 인문학 책들을 주로 읽었다. 하나 나이가 들면서 현실에서 부딪히는 고통이 커지니 답답했다. 고통에서 벗어날 방법을 알고 싶었다. 사람이 어떻게 마지막에 이르는지, 그걸 지켜보는 사람은 어떻게 해야 하는지, 더 나은 마무리를 위해 무엇을 준비하고 도와야 하는지, 그런 물음들을 갖고 공부하기 시작했다. 안락사, 존엄사, 뇌사, 자살, 고독사 등에 대해 고민하게 되었고, 죽음은 한 개인이 겪지만 그 영향은 공동체가 함께 겪는다는 것을 깨달았다. 죽음의 사회성은 애도의 중요성을 일깨웠다. 불행한 죽음, 못다 한 애도는 원망과 절망을 낳고 결국 살기 힘든 사회로 이어진다는 걸 알고 나선, 여러 나라에서 어린 시절부터 죽음교육을 하는 이유를 이해할 수 있었다.

오랫동안 마지막을 생각하고 공부하면서 내가 배운 가장 큰 앎은, 삶은 설령 무의미하다 해도 더없이 소중하다는 것이다. 의미는 인간의 일이나 삶은 자연의 일이다. 죽음은 인간의 교만을 벗기고 자연 앞에 서게 한다. 그리하여 한없이 겸허하게 삶의 소중함을 받아들이게 한다. 나는 여전히 죽음을 모르고 죽음이 두렵지만, 이 배움만으로도 공부의 보람을 느낀다.

마지막의 '읽다'는 일종의 부록이다. 이 책을 읽고 좀 더 공부할 생각이 든 분들을 위해 같이 보면 좋을 책들을 소개했다. 최근 들어 관련 책이 부쩍 늘었기 때문에 부족함이 많은 목록이지만, 내가 겪은 시행착오를 조금이라도 피했으면 하는 마음에 욕심을 냈다. 오백 년 전 흑사병이 대륙을 휩쓸고 공포가 약자들을 희생양으로 삼을 때, 몽테뉴는 '결국 중요한 것은 나답게 사는 일이며 철학은 죽기를 배우는 일'이라고 했다. 전염병이 창궐하고 눈먼 분노와 가짜뉴스가 창궐하는 지금, 나답게 살고 죽기를 배우기 좋은 때다. 그 배움에 작으나마 도움이 되기를 바란다.

긴 시간에 매듭을 지을 수 있도록 도와준 이들이 참 많다. 책 만드느라 수고한 편집자분들, 징징거리는 나를 참아준 가족과 벗들, 고맙습니다. 사랑하는 수자 언니, 이 비

그치면 우리 같이 바다 보러 가요. 세상을 비관하면서도 끝까지 최선을 다해 살았던 아버지, 감사합니다. 당신이 저를 버티게 합니다. 그리고 어머니. 모든 부질없음을 부질없게 만드는 내 삶의 이유, 당신이 웃으면 세상이 온통 환해집니다. 오래 함께 웃어요, 엄마.

울다 ———————————————————————

애도 일기

\# O I

모든 상대相對는 흐르는 물과 같다.

김경남(1925-2015) 묘비명

어느 날의 일기—아버지께 죽음을 여쭙다

지난 주말 오랜만에 홍제동에 갔다. 어머니는 언니와 쇼핑을 가고 안방엔 아버지 혼자 누워 계셨다. 집안이 조용해서였을까, 모처럼 아버지와 이런저런 얘기를 나눴다. 올해 여든아홉인 아버지는 내가 제일 좋아하는 대화 상대. 특히 늙고 죽는 일에 관심이 많은 내게 아버지는 가장 좋은 스승이다. 그날의 이야기를 기억하고 싶어 적어놓는다.

아버지가 말씀하셨다.

"미수를 넘기고 올해 들면서 얼마 안 남았다는 걸 느낀다. 여기저기 아픈 것이야 더 말할 것도 없지만 몸이 전과는 또 다른 게 느껴진다. 가령 자다가 숨이 멈출 때가 가끔 있다. 숨이 멈추니까 잠결에도 답답해서 깨는데, 아마 이러다 깨지 않으면 자다가 죽게 되겠지. 사람들은, 너희 어머니도 그렇고, 자다가 죽으면 복이다, 그보다 좋은 게 어디 있냐고 하지만 나는 생각이 다르다. 사람은 짐승과 달라 살고 죽는 걸 의식하는 존재인데, 자다가 죽는 줄도 모르고 죽는 게 뭐가 좋으냐? 좀 아프더라도 죽음이 어떻게 오는지, 죽는 과정을 고스란히 느끼며 죽어야지."

나는 좀 놀랐다.

"죽을 때 괴롭고 아픈 게 겁나지 않으세요? 요즘 사람들은 그걸 많이 걱정하고 그래서 자다 죽으면 좋다고 하는데요."

아버지는 고개를 저으셨다.

"이 정도 살고 이런저런 재미도 보았으면 죽을 때 좀 괴롭기도 해야지, 어떻게 영 안 아프길 바라겠니. 나랑 종종 바둑을 두는 친구가 있다. 나이는 나보다 젊지만 사람이 참 점잖아. 그이가 교회 장로인데 하루는 '지금이라도 하나님 믿고 천당 가라'고 전도를 하더라. 그래서 내가, 이 나

이까지 이 정도 누리고 살았으면서 죽은 담에 천당 가기를 바라는 건 욕심이다, 천당이 있으면 거기엔 이승에서 나보다 더 힘들게 산 사람들이 가야지 내가 천당까지 욕심내면 안 된다고 했지. 그러니까 그이가 다시는 교회 가란 말 못하겠다고 하더구나."

"나는 죽는 걸 잘 보고 느껴서 네게 말해주고 싶다. 네가 관심이 많으니까. 근데 문제는 죽을 때가 되면 사람이 기운이 없어 말을 못하더라. 우리 아버지도 돌아가실 때 말씀을 못하고 눈물만 흘리시더구나. 그래서 말을 못하게 됐을 때 어떻게 그걸 알려줄지 그게 고민이다. 물감 같은 걸 옆에 두고 있다가 그려서 보여주나?"

그러면서 빙그레 웃으셨다. (다음번에 아버지와 만나면 그럴 때를 대비한 수신호를 미리 정해둘까 싶다.)

또 말씀하시길,

"요즘은 생각이 많다. 거의 잡생각이지. 눈이 침침해지고 어지러워 책을 읽을 수가 없어 그런 것인데, 처음엔 책을 못 읽는 것이 한심했다. 책도 못 읽고, 살아도 산 게 아니구나 싶고. 그러다 내가 이 나이에 책은 더 읽어 뭐하나 생각하고 말았다. 그러니까 사람은 다 저 편한 대로 합리화를 하는 거야.

　아무튼 이 생각 저 생각 하다보면 역시 사람은 착하게 살아야 한다는 생각이 든다. 예전 잘못한 일이나 나쁘게 했던 사람이 떠오르면 얼마나 괴로운지 모른다. 요즘 들어 가끔 내가 끔찍하게 여기는 장면이 보이기도 하고 헛것이 보일 때가 있는데, 그러니 더욱 착하게 살아야 마음이 편하지 않겠니?"

　내가 물었다.

　"사람은 죽으면 어떻게 될까요? 사후세계란 것이 있을

까요?"

"나는 죽으면 끝이라고 생각한다."

"그런데 왜 아버지는 그렇게 열심히 제사를 지내고 정성껏 조상을 모셨어요? 전 그래서 아버지가 말로만 유물론자지 실제론 영혼을 믿는구나 생각했어요."

아버지가 씨익 웃으셨다. 마치 당신 꾀에 속아 넘어간 게 재미있다는 듯. 그러고 감질나게 대답은 안 해주셨다. 난 이게 오래 전부터 정말 궁금했기 때문에 다시 물었다.

"그럼 그건 집안의 질서를 위해서 그런 건가요?"

아버지가 옅은 미소를 띤 채 고개를 끄덕이셨다.

"그렇지, 살아서는 살아야 하니까. 살기 위해선 필요한 게 있지. 하지만 귀신이 있다거나 영혼이 있다고 생각하진 않는다. 모르지, 나는. 있는지 없는지. 죽으면 아무 소용없고, 끝이다. 그걸, 전쟁을 겪고 끔찍한 죽음들을 보면서 알았다."

　오늘 어버이날을 기념하여 부모님을 모시고 점심을 먹었다. 엄마와 언니들이 화장실에 간 사이 아버지에게 또 물었다.

　"저는 요즘 들어 부쩍 죽는 게 무섭고 자다가도 두려울 때가 있어요. 지금 잠시 그런 걸까요? 아니면 이런 두려움을 아버지도 느끼시나요?"

　아버지가 웃으며 말씀하셨다.

　"잠시 그런 거다. 나는 지금 안 그러지. 죽는 게 겁나고 죽기 싫고 그러진 않는다. 그건 걱정 마라. 나처럼 이렇게 원대로 살고 나면 죽음이 무섭고 싫고 하진 않는다. 내가 잘 보고 겪어서 알려줄 테니 너는 걱정 마라."

　나는 안심이 되었다.

"그럼 저는 아버지 뒤만 졸졸 따라갈 테니까 잘 알려주세요."

"그래, 내가 가르쳐주마. 걱정 말고 따라와라. 하하하."

일기를 쓰고 2년 5개월 뒤, 맑은 가을 아침. 아버지는 돌아가셨다. 집에서 자손들이 지켜보는 가운데. 염려했던 대로 당신이 보고 느끼는 것을 말하진 못했지만, 당신은 마지막까지 온몸으로 가르쳐주셨다.

내 삶의 가장 큰 스승. 내가 돌아갈 날, 당신이 마중해주실 걸 알기에 저는 두렵지 않습니다.

02

사람들이 일흔 넘은 부모나 조부모가 숨을 거두었을
때 눈물을 흘리며 울 수 있다는 사실을 나는 이해하기
힘들었다. 쉰 살이나 된 여자가 어머니가 죽었다고
괴로워 어쩔 줄 몰라 하는 모습을 보았다면 나는 그
여자가 신경과민이라고 생각했을 것이다. 우리는
모두 죽어야 할 운명이고, 여든 살이면 죽어도
억울하지 않을 나이기 때문이다. 그러나 아니었다.
사람은 태어났기 때문에, 다 살았기 때문에, 늙었기
때문에 죽는 것은 아니다. 사람은 '무엇인가'에 의해서
죽는다.

시몬 드 보부아르, 《아주 편안한 죽음》

아버지는 아흔하나에 돌아가셨다. 병원이 아닌 집에서. 아내와 아들 딸 며느리 사위 손주들이 모두 지켜보는 가운데 편안히 숨을 거두셨다. 이른바 호상好喪, 좋은 죽음이었다. 이 시대에 이런 죽음이 있을 수 있을까 싶을 만큼 좋은. 그럼에도 나는, 쉰이 넘은 나는 눈물을 참을 수 없었다. 눈이 부은 나를 보고 문상객 중 어떤 이가 말했다.

"왜 그렇게 울어요?"

"불효자는 운다고 하잖아요. 그래서 그런가 봐요."

"아마 그럴 거예요. 나는 어머니를 마지막까지 모셨는데 돌아가시니까 눈물이 안 나더라고요. 할 만큼 해서 홀가분하달까."

아무 할 말이 없었다.

아버지의 마지막 나날들을 지켜보며 숨 막히는 고통과 공포로 잠 못 이루던 날들. 그토록 강건하던 이가 무력하게 시드는 모습을 무력하게 지켜보는 속수무책의 절망감. 차라리 눈 감고 싶었던 그 시간들. 끝내 함께하지 못했던 숱한 시간들과 나 때문에 돌아가셨다는 죄책감까지.

그 무엇도 말할 수 없었고 말할 의미가 없었다. 내가 사랑한 사람은 나를 떠나 저 너머에 있었으니, 무슨 소용이 있단 말인가.

죽음에 대해서 죽은 사람은 말하지 못하고, 죽어가는 사람은 설명할 수 없다. 무엇보다 산 자들은 죽음에 대해 아무것도 들으려 하지 않는다. 그것이 겪는 사람 모두에게 얼마나 부당하고 참을 수 없는 것인지 알려 하지 않는다. 우리, 산 자들은 모른다.

아버지가 편안히 내쉰 마지막 숨조차도 나는 그 의미를 알 수 없어 괴롭다. 남 보기에 좋은 죽음은 있으나 내 아버지에게 좋은 죽음이었는지, 내가 그것을 어떻게 알랴.

내 슬픔은 그 알 수 없음에서 비롯한다.

03

"그렇다면… 화장하기 전에 얘기하는 게
좋겠습니다."
다카히코가 말했다.
"귀는… 마지막까지 감각이 남아 있다고 합니다.
돌아가신 뒤에도 '혼의 귀'라는 것이 있다고…
생각합니다. 분명 들어주실 거예요."

렌도 아라타,《애도하는 사람》

영하 10도가 넘는 맹추위가 일주일째 계속되고 있다. 아침 해가 부연 창을 뚫고 들어왔지만 이불 밖으로 나가고 싶지 않다. 일찌감치 일어날 이유가 없다. 누운 채로 소설책을 펼친다.

오늘은 기를 쓰지 않겠어. 무엇에도 애쓰지 않고 그냥 하고픈 대로 하겠어. 그냥 있겠어. 이대로.

어제 저녁 빌려온 소설책을 읽는다. 책은 베개로 써도 될 만큼 두껍다. 하지만 꼭 끝까지 읽을 필요는 없다. 뭐든 내키는 대로 해도 되는 날이다. 그렇게 결심한 날이고, 그래도 되는 책이다.

책은 예상한 대로 잘 읽힌다. 일본 소설이 대개 그렇듯이. 그러다 '혼의 귀'라는 글귀에서 심장이 딸꾹질을 하더니 마지막에 이르러는 결국 눈물이 터진다. 울고 싶지 않았지만 별 수 없다. 말기 암으로 죽어가는 준코의 마지막한 순간 한 순간을 읽으며 별 수 없이 아버지를 떠올린다.

생의 마지막이 다가오면서 준코는 말이 안 나오고 눈이 잘 떠지지 않는다. 하지만 의식이 없는 것은 아니다. 그녀는 여전히 생의 이편에서, 이편의 말을 듣고 이편을 헤아린다. 그러나 그런 자신을 표현할 수 없을 뿐.

집에 갔을 때마다 아버지는 졸고 계셨다. 눈을 감은 채 머리를 한쪽으로 늘어뜨리고, 내가 "아버지! 저 왔어요" 하면 "응" 들릴 듯 말 듯 한숨처럼 답하며 눈을 뜨셨다. 그렇게 잠깐 내 쪽을 보시고 이내 다시 눈을 감으셨다. 밥상을 두고도 아버지는 눈을 감은 채 조금씩 잡수셨다. 오물오물 이유식을 먹는 아기처럼 밥 한술을 입안에서 궁굴리다가 "아버지, 좀 더 드셔야 약을 드시죠" 하면 "응" 하고 기운을 내 씹으셨다.

10년 전 파킨슨병 진단을 받은 아버지는 약을 잘 챙겨 드시며 철저히 관리하셨다. 돌아가실 때까지. 약을 꼬박꼬박 챙겨 드신 건 맑은 정신으로 죽음을 맞겠다는 한결같은 각오의 반영이었다.

내가 아는 한 아버지는 맛있어서 과식을 하는 법은 없으셨다. 언제나, 왜 먹어야 하는지 이유가 명확하면 드셨다. 맛은 괘념치 않으셨다. 음식 솜씨가 별나게 좋은 어머니 덕분이기도 했을 것이다. 무엇이든 맛있게 해주는 아내가 있었으니 맛에는 까탈을 부릴 이유가 없기도 하셨으리라. 그것이 맛있는 음식으로 아내 노릇을 하려는 어머니를 때로 서운하게 하기도 했지만.

아무튼 아버지는 돌아가시기 얼마 전까지도 그러셨다. 밥을 먹고 약을 먹었다. 그러나 말씀은 없으셨고 내게 그 총총한 눈을 돌리시지도 않았다. 그것이 얼마나 견디기

힘들었는지. 아버지는 무엇보다 말씀이셨고 눈빛이셨기
에 그 변화를 나는 감당하기가 힘들었다.

　태초에 말씀이 있었다면 그건 우리 아버지의 말씀이었
다고 생각할 만큼 아버지는 내게, 우리 식구 모두에게 큰
말씀이셨다. 아버지가 쓸데없는 말을 한 적이 있었던가.
있었다. 기억나지 않을 만큼 오래 전에. 왜냐하면 아버지
는 이순耳順 이후로 우리가 쓸데없는 말을 기억하지 않도
록 오랜 시간 공들여 당신의 말씀을 헤아렸고, 당신의 작
은 실수로 우리가 오래 아프지 않도록 최선을 다해 귀 기
울이고 다독이셨기에.

　소설을 읽으며 후회한다.
　미리 읽었더라면 아버지가 조는 듯 눈을 감고 있을 때
도 혼의 귀는 떠 있는 걸 알고 아버지께 못다 한 말을 했을

텐데. 미리 읽었더라면 아버지가 힘겹게 숨을 내뱉을 때, 홀로 죽음과 마주섰을 때, 그 밝은 혼의 귀에 대고 말씀드렸을 텐데.

아버지, 당신이 제 아버지여서 얼마나 감사한지요.

아버지, 힘드셔도 조금만 참으세요. 못난 딸이 당신을 보고 있어요. 저도 곧 당신을 따라갈 거예요. 당신이 견뎌주셔서 얼마나 감사한지 몰라요. 당신처럼 죽음을 맞기 위해 최선을 다해 살다 갈 테니 조금만 기다려주세요. 아버지, 당신이 제 앞에서 길을 내주셔서 제가 힘이 납니다. 아버지, 아버지, 존경합니다.

말하지 않아도 아시리라 생각했지만, 아니, 말했어야

했다. 마지막 순간 당신께, 당신이 아버지이기 전에 얼마나 좋은 스승이었는지, 그런 당신을 내가 얼마나 깊이 존경하는지 말했어야 했다. 당신을 차가운 병원차에 실어 홀로 보내는 대신, 당신 곁에서 혼의 귀가 듣도록 말했어야 했다. 죽자마자 차디찬 냉동실로 보내지는 오늘의 시스템을 당연한 듯 받아들이는 대신, 당신이 평생 그랬듯 그것이 최선인지 물었어야 했다. 그랬어야 했다.

그러나 말하지 못했다. 당신을 혼자 보냈다. 아무것도 들리지 않는 적막 속에서 당신의 귀는 얼마나 추웠을까.

베갯잇이 흥건하다.

정오다. 이렇게 늦도록 이불 속에 있다니, 아버지라면 눈살을 찌푸리셨을 것이다. 아흔 살이 넘고 병 때문에 손떨림으로 고생하면서도 여전히 신문을 읽고 뉴스를 챙겨 보고 사무실에 나가셨던 아버지. 이토록 햇살이 흥건한 정도까지 늦잠을 자는 일 따위 해본 적이 없는 아버지께서 이 모습을 보시면 한마디 하셨을 것이다. 살아 있음에, 세상이 너를 필요로 한다는 사실에 감사하고 네게 주어진 시간에 최선을 다하라고 엄하게 꾸짖으실 것이다.

일어난다. 찬 공기에 소름이 돋는다. 늦었지만 도서관에 가야지. 마감할 원고가 있다. 내겐 최선을 다해야 할 이유가 있다. 당신이 내 이유다.

#04

집으로 가는 길에 크고 단순한 슬픔을 느꼈다.
아버지가 보고 싶었다. 아빠가 사무치게 그리웠다.
기차가 커브를 돌자 햇살이 유리창에 반사되어
지나가는 들판이 은빛 그물처럼 뿌옇게 보였다. 나는
햇빛 때문에 눈을 감고 거미줄을 떠올렸다. 난 거미줄
위로 걸으면서도 그것들을 보지 못했다. 그게 있는
줄도 몰랐다.

헬렌 맥도널드, 《메이블 이야기》

버스에서 내려 집으로 오르는 공원길을 걷다가 노란 꽃을 보았다. 멀리서 볼 때는 개나리인가 했는데 가까이 다가가니 아니었다. 처음 보는 앙증맞은 노란 꽃이 길 쪽으로 빼꼼 얼굴을 내밀고 있었다. 벌써 꽃이 피었네. 나도 모르게 넋 놓고 보고 있는데 지나던 아저씨가 미소 지으며, 영춘화예요, 한다.

영춘화迎春花, 봄을 맞는 꽃. 참 예쁜 이름이구나, 생김새만큼이나 예쁘구나.

고개를 끄덕이며 나도 아저씨를 따라 미소 짓다가 문득 놀란다. 해마다 봄이면 이 자리에서 노란 꽃을 피우며 봄을 맞았을 텐데, 이 봄에야 앙증맞은 그 몸짓을 처음 보았다는 게 신기하고 놀라워서 나는 다시 노란 꽃에 사로잡히고 만다. 너를 통해 처음 봄을 맞는구나, 고맙고 미안하구나, 영춘화여.

하긴 꽃만이 아니다. 책도 그렇다. 늘 다니는 도서관 서가에서 익숙하게 보아오던 책이 어느 날 문득 내 속으로 들어올 때가 있다. 내 곁을 스치던 숱한 사람들 중 어느 하나가 불쑥 내 앞에 나타나 나를 흔들듯, 갑자기 어떤 책이 존재를 드러낼 때. 운명이라고까지 얘기할 순 없지만 그를 만나기에 적절한 시간, 준비된 시간이 있다. 모든 책이 그런 것은 아니다. 하지만 어떤 책은 그렇다.

롤랑 바르트의 《애도 일기》도 그런 책 중 하나다. 서가 맨 위에 꽂힌 그 책을 종종 보아왔다. 롤랑 바르트는 내가 한때 마음을 주었던 이름이기에 그 책을 가끔 눈여겨보곤 했다. 한 번쯤은 꺼내어 몇 쪽을 훑어보기도 했다. 그러나 마음이 가지는 않았다. 그저 롤랑 바르트처럼 난해한 책을 쓴 지성에게도 어머니의 죽음은 감당할 수 없는 무엇이었구나 싶어 조금 안심이 되는 기분이었을 뿐.

아버지 없이 맞는 첫 봄, 나도 모르게 손이 《애도 일기》를 꺼낸다. 지금이 그때다. 책의 글줄이 몸 안으로 들어오는 시간. 평생을 함께한 어머니를 잃은 아들이 남긴 문장을 읽는다.

이틀 만에 처음으로 경험하는 것. 아무런 *거부감 없이* 나 자신의 죽음에 대해서 생각하다.(10월 27일 일기)[1]

한 집에서 함께 먹고 자던 어머니를 보내고 혼자 남은 아들의 모습이 선연하다. 그가 무엇을 할 수 있었을까. 종이에 문득문득 적은 문장들은 그저 터져 나온 신음 같은 것이었을 터. 어머니가 죽고 이틀 뒤 그가 쓴 문장에 나는 온전히 동감한다. 나 역시 그러했다. 아버지를 보내고 처음으로 나는 아무 거부감 없이 나 자신의 죽음을 생각했다.

이전까지 죽음은 내게 어두운 추상이었다. 죽음이 캄캄한 공포였을 때는 말할 것도 없고, 죽음을 하나의 선택으로 꿈꿀 때조차 그러했다. 지금 여기의 어둠을 견딜 수 없어 떠올린 또 다른 미지의, 그래서 감당할 수 있을 것만 같은 어둠이었다.

하지만 아버지의 죽음을 겪은 뒤 죽음은 새벽빛에 드러난 세계처럼 희미하게, 그러나 부정할 수 없는 현실로 모습을 드러냈다. 공포는 없었다. 어둠은 지워졌으므로. 대신 박명 속에 어슴프레 모습을 드러낸 세상이 외로운 넋을 위로하듯 나는 따스한 슬픔에 잠겼다.

희미하게 드러난 세계 안에는 내 자신의 죽음도 있었다. 나는 그 죽음을 차분히 바라보았다. 비로소, 죽음이 두렵지 않다고 말하는 늙은이들을 나는 이해할 수 있었다.

한 생의 죽음을 겪자 각자의 생에 마련된 죽음을 인정할 수 있었고, 이런 일을 겪으면서 스스로의 죽음에 단련되었을 늙은 생의 긍정을 이해할 수 있었다. 죽음이 그런 식으로 우리를 납득시킨다는 걸, 고맙게 받아들일 수 있었다. 그래서였으리라. 한동안 주위 모두에게, 낯선 이들에게조차 한없이 친절했다.

마을버스에서 자리를 양보한 내게 그이는 미안해서 어쩌냐고 거듭 길게 사례했다. 전 같으면 말 많은 할머니라고 치부했을 텐데. 그러나 이제 나는 미안해하는 그이에게서 어머니를 본다. 젊은이들의 몫을 뺏는 것은 아닐까 걱정하며 조심스러워하는 늙은 어머니가 떠오르고, 나는 진심으로 그렇지 않다고 안심시키고 싶어진다.

아뇨, 아니에요.

내 진심은, 긴 생애를 살며 참과 거짓에 밝아진 그이의 마음에 온전히 전해진다. 깊은 주름들 사이에서 밝은 눈동자가 나를 본다. 우리는 몇 마디 인사를 나눈다. 그이가 말한다.

항암치료를 받고 있다오. 힘들지만 집에만 있으면 더 가라앉아서 컴퓨터를 배우고 있어요. 이렇게라도 해야 살 것 같아서.

나는 놀라고, 이 건강한 여인에게 힘을 주고 싶다. 정말 대단하세요. 저희 어머니도 암으로 오래 고생하셨는데 지금은 아주 건강하세요. 그이의 눈이 환해진다. 연세가 어떻게? 암에 걸리셨을 땐 예순일곱이셨는데 지금은 여든여섯이시죠. 컴퓨터 배우시는 거기서 저희 어머니는 노래교실에 다니세요.

그이의 얼굴이 빛난다. 필경 내 얼굴 역시 환하게 빛났

으리라. 나보다 먼저 내리며 그이가 인사한다.

고마워요, 건강하세요.

예, 어머니도 건강하세요.

그와의 만남이, 잠깐이지만 내 안의 슬픔을 위로한다. 인간이 겪는 필멸의 불행이 서로에게 위안이 되는 행복. 사람으로 사는 기쁨을 만끽하는 순간. 죽은 아버지와 죽음을 목전에 뒀던 어머니 덕분에 그 순간을 누릴 수 있음에 나는 감사한다.

그러므로 11월 16일에 쓴 바르트의 문장 앞에서 나는 쉬 고개를 끄덕일 수 없다.

나는 이제 가는 곳마다, 카페에서나 거리에서나, 만나는 사람들 하나하나를 결국에는 죽을 *수밖에 없음*이라는 시선으로, 그러니까 그들 모두를 *죽어야 하*

는 존재들로 바라본다.—그런데 그 사실만큼이나 분명하게 나는 또한 알고 있다. *그들이 그 사실을 결코 알고 있지 못하다는 걸.*[2]

나는 사람들이 죽음의 필멸을 모른다는 바르트의 문장에 동의하지 못한다. 그가 거리에서 나를 본다면 내 얼굴의 무감함을, 멍하거나 날 서 있거나 무언가에 사로잡혀 고집스럽게 무표정한 모습만을 볼 테지만, 그래서 저 여자는 필멸의 운명을 알지 못한다고 생각하겠지만 그렇지 않듯이. 사람들은 모두 각자의 죽음을, 각자의 슬픔을 여민 채 살아간다.

절망스러운 것은, 그럼에도 불구하고 우리가 그 슬픔들을 나눠 슬픔에 얹힌 고독의 무게를 덜지는 못한다는 사실이다. 아주 가끔, 마을버스 안에서 내가 그와 잠시 서로의 아픔을 나눴듯이 서로의 심연에 닿기도 하지만, 그건 아주 잠깐 우연히 일어나는 일일 뿐. 운명은 지속되고 은총은 찰나다. 그것이 우리를 외롭게 하고 우리를 절망하게 한다.

나와 그들 사이의 거리는 필멸의 운명을 아느냐 모르느냐에서 생기는 것이 아니다. 우리의 거리는 앎이 아니라 우리가 각각의 뼈를 가진 존재라는 데 있다. 우리는 각자의 뼈를 느낄 뿐이다. 그래서 외면할 수도 미워할 수도 없고, 다만 외로울 뿐이다.

《메이블 이야기》를 읽는다. 갑작스런 사고로 아버지를 잃은 딸이 야생 참매를 길들이는 이야기. …매는 내가 되고 싶은 모든 것이었다. 혼자이고 냉정하며, 슬픔에서 자유롭고, 인생사의 아픔에 둔했다. …매 안에는 후회나 깊은 슬픔이 있을 수 없었다. 과거도 미래도 없었다. 매는 오직 현재에 살았고, 그게 나의 피난처였다.…

　문장들이 눈에 들어오고, 고개를 끄덕이고, 이따금 눈시울을 붉힌다. 그리고 펜을 들어 옮겨 적는다. 슬픔에 잠긴 딸이 기대었던, 그리고 당분간 내 마음의 푯대가 되어줄, 작가 스텔라 벤슨의 문장이다.

　　독립—자족한 상태—은 우리가 생물에게 주장할 수 있는 유일한 아량, 유일한 자비라고 나는 생각했다. 우리는 남의 뼈에 상관하지 말아야 한다.—그것들과 무관해야 한다.[3]

　우리는 남의 뼈에 상관하지 말아야 한다. 왜냐면 상관하려야 상관할 수 없으니까. 내가 너무도 사랑했던 이의 죽음에 상관할 수 없었듯이, 우리는 누구의 죽음은 물론이요 삶에도 상관할 수 없다. 내가 나의 매를 길들이고 나의 매를 사랑한다고 해도 매의 삶은, 그 죽음 또한 내 뼈 바깥에 있다. 애완동물이라 부르든 반려동물이라 부르든 그 거리는 지워지지 않는다. 내가 아무리 사랑하고 내가 아무리 헌신해도 거리는 언제나 우리 사이에 있다.

우리가 주장할 수 있는 건 오직 내 뼈다. 내 삶과 내 죽음이다. 그의 뼈에 책임지는 것은 내 뼈에 책임을 지는 것뿐이다. 그래서 고독하고 그래서 자유롭다.

#o5

처음에는 바위만큼 무거웠다가 점점 작아져서 돌이
되고, 결국은 주머니에 넣고 다닐 수 있는 조약돌처럼
작아지지. 때로는 잊어버리기도 해. 하지만 문득
생각 나 손을 넣어보면 만져지는 거야.
그래, 절대 사라지지 않아.

영화 〈래빗홀〉

도서관에서 DVD를 빌렸다. 〈인터스텔라〉. 수백만 명이 일 년여 전에 본 영화를 뒤늦게. 별이 거의 보이지 않는 도시의 어둔 밤, 혼자 영화를 보다가 문득 몸이 굳었다.

우주의 아버지가 지구의 아들이 보낸 메시지를 읽는다. 돌처럼 천천히 흐르는 우주의 시간 속에서 아버지는 어느새 자신보다 늙어버린 아들이 전하는 말을 듣는다. 아주 오랫동안 아버지를 기다렸지만 이제는 아버지를 놓아드려야 할 때가 왔다고, 어디에 계시든 평안하시라고. 그 말을 들으며 아버지는 고개를 젓는다. 눈물을 흘리며, 아직은 자신을 놓지 말라고. 결코 아들에게 닿지 못하는 말을 삼키며 운다.

그 장면을 보는 순간, 아버지가 떠올랐다. 어쩌면 아버지도 어디선가 당신을 너무 빨리 놓아버린 자식을 보며 말없이 눈물 흘릴지도 모르는데. 왜 이리 빨리 당신을 보내려 애썼을까. 왜 당신께 평안하시라고 안녕을 고하기 급급했을까.

죽음에 관한 많은 영화들 중에서도 나를 두고두고 흔드는 것은 존 카메론 미첼의 〈래빗홀〉이다. 꼬마 앨리스를 이상한 나라로 이끌었던 래빗홀, 토끼구멍.

영화에서 어린 아들을 잃은 어머니는 죽은 자식을 놓지 못한다. 부활과 영생을 말하는 종교도 어머니에겐 위로가 되지 못한다. 아들의 죽음을 인정할 수 없는 부모에겐 죽음을 감당하는 신앙이 필요한 게 아니므로. 그녀는 아들이 없는 세상을 받아들일 수도, 감당할 수도 없다. 커다란 바위가 되어 숨통을 막는 아들 때문에 숨을 쉴 수 없더라도, 그 편이 아들의 죽음을 인정하는 것보다는 차라리 낫다.

그때 꽉 막힌 절망에서 래빗홀이 나타난다. 그녀를 이끈 래빗홀은 평행우주다. 우리가 사는 우주 밖에 다른 우주가 있다는 과학은, 다른 세상에서 아들이 여전히 살아 있다는 신앙을 허락한다.

　'또 다른 우주가 있고, 그 어딘가에 예전처럼 빵을 굽고 물놀이를 하는 내가 있다면, 아들을 잃은 이 지구의 삶은 그저 슬픈 버전일 뿐 다른 버전들은 순조롭게 살고 있다면…'

　어머니는 그 생각이 마음에 든다. 아들을 다시 보지 못한다는 현실은 변함이 없지만, 이제 어머니는 숨을 쉴 수 있다. 바윗덩이 같던 아들의 부재는 이제 주먹만 한 돌멩이가 되어 그녀와 함께한다. 돌멩이는 그녀가 이 지구에서 사라지는 날까지 그녀 안에서, 그녀의 손을 타며, 동글동글하게 길들여질 것이다.

별리의 슬픔은 사라지지 않는다. 다만 사람의 가슴 속에서 구르고 구르며 그저 숨 쉴 구멍을 내고 길들여질 뿐. 그리하여 모든 사람은 죽어 자신의 사리를 남긴다. 깊은 슬픔의 사리. 작고 해진 돌멩이. 단단한 슬픔의 뼈를.

#06

언젠가 어머니 가슴을 떠나 성장하듯이 사자死者들도
조용히 지상의 품을 떠나기 마련이다.
그러나 우리들, 그 큰 비밀을 필요로 하는 우리들,
가끔은 슬픔으로부터 지극히 행복한 진전을 얻는
우리들,
우리는 과연 그 죽은 자들 없이 살아갈 수 있을까?

라이너 마리아 릴케, 〈두이노의 비가 –제1 비가〉

한가한 휴일 오후. 찻집에서 한동안 책을 읽다 나오니 모처럼 바람이 선선하다. 잘되었다. 오늘은 산을 넘어 집에 가기로 한다. 샌들을 신은 게 걸리지만 꼭대기를 오르지만 않으면 산책 삼아 걷기 좋은 산이니까. 땀범벅이 되지 않도록 천천히 산길을 걷는다.

하늘엔 비구름이 드리우고, 무성한 초록 잎들은 바람이 불 때마다 파도소리를 낸다. 오르막길이 끝나고 운동기구가 늘어선 야외 헬스장을 지난다. 근육을 자랑하는 늙은 사내들로 언제나 소란한 그곳을 조금 빠른 걸음으로 지나칠 때 등 뒤에서 커다란 목소리가 들린다. 그 양반, 팔십 넘어서 곧 구십 될 판인데도 아주 건강해서, 눈도 밝고 귀도 밝고….

누군가의 노익장을 부러워하는 이야기를 들으며 속으로, '우리 아버지는 구십 넘어 사셨답니다' 하고 자랑처럼 생각하는데 갑자기 눈물이 쏟아진다.

저이들처럼 근육을 단련하는 운동 같은 건 해본 적 없이, 서른도 되기 전에 죽을 고비를 몇 번이나 넘기고 마흔 전에 지팡이를 짚어야 했던 시원찮은 몸으로, 갈수록 팍팍해질 세상에 너희를 낳아놔서 미안하다 하셨던 지독한 비관을 품고도, 단 한 번도 죽고 싶다는 투정 한마디 없이, 아흔한 해를 살았던 아버지.

그 세월이 저 초록처럼 손에 잡힐 듯 선명하여 가슴이 무너진다. 당신은 당신의 허무를 홀로 어찌 감당하셨을까. 제 허무에만 급급하여 당신의 쓸쓸함은 짐작도 못하는 미욱한 자식에게 어느 날 말씀하셨지. 혹여라도 너무 허무해하지는 마라. 당부하실 때 그 마음 어떠셨을까….

내딛는 걸음마다 먼지처럼 일어서는 후회. 앞으로의 내 삶은 당신의 그늘을 벗어날 수 없음을 그때 알았으니, 당신의 그늘이어서 행복하고 당신의 그늘이어서 아픔인 것을 당신은 이미 아셨습니다. 그래서 이 아둔한 막내를 바라보는 당신의 눈이 그리도 깊고 그윽한 것을 이제야 비로소 깨닫습니다.

배우다 ⎯⎯⎯⎯⎯⎯⎯⎯⎯⎯⎯⎯⎯⎯

마지막에 관하여

마지막을 공부하는 까닭

07

어느 날 또는 어느 밤, 악마가 깊은 고독 속에 잠겨
있는 당신 뒤로 슬며시 다가와 이렇게 말한다면
당신은 어떻게 말할 것인가?
"너는 현재 살고 있고 지금까지 살아왔던 삶을 다시
한 번, 나아가 수없이 몇 번이고 되살아야 한다.
거기에는 무엇 하나 새로운 것이 없으며, 모든
고통과 기쁨, 모든 사념과 탄식, 네 생애의 크고 작은
모든 일이 다시 되풀이될 것이다. 모든 것이 똑같은
순서로."

프리드리히 니체, 《즐거운 학문》

꿈을 꾸었다.

　캄캄한 허공에 내가 홀로 떠 있었다. 나는 그런 나를 보았다. 두렵고 아득했다. 그때 목소리가 들렸다. 내 속에서 나오는 소리이되 내 것은 아닌 목소리가 말했다.

　너는 다시 태어날 것이다. 지금 이대로, 지금과 똑같은 너로 태어나 지금과 똑같이 살 것이다.

　순간 공포가 해일처럼 나를 덮쳤다. 숨이 막혀 껵껵대다가 끼익 하는 비명과 함께 깼다. 꿈이구나. 그러나 두려움은 사라지지 않았다. 이 끔찍한 생을 다시 살아야 하다니! 새로운 공포가 슬픔과 함께 밀려들었다. 그때 알았다. 내가 어떻게 살아왔으며 내 삶을 어떻게 바라보는지.

　내가 스스로를 자랑스러워하지도, 내 삶에 만족하지도 못한다는 건 익히 알고 있었다. 하지만 같은 인생을 되풀이한다는 말을 저주로 여길 만큼 내 삶에 절망한 줄은 몰랐다. 그 삶을 혁신하려는 의지도 희망도 내 안에 없다는 사실 또한 처음 알았다. 절망을 벗어날 길이 없다는 절망이 목을 조여왔다. 어두운 새벽, 나는 크게 울지도 못하고 끅끅 신음소리를 내며 흐느꼈다.

서른셋이던가 넷이던가, 아마 가을이었으리라. 시간은 희미하나 내용은 선명하다. 꿈도 절망도 속수무책의 슬픔까지도.

그것은 내가 실감한 최초의 죽음이었다. 그 무렵 어머니는 위암 수술을 받고 6개월 넘게 항암치료 중이었다. 독한 항암제 때문에 머리칼은 다 빠지고 제대로 먹지도 못했으며 간신히 먹은 것도 토하기 일쑤였다. 한밤중에 응급실로 실려 간 적도 한두 번이 아니었다. 어머니는 여러 차례 이대로 죽었으면 좋겠다고 말했으나, 구역질하는 어머니 옆에서 밥을 먹어야 하는 나는 그 고통에 공감할 엄두조차 내지 못했다.

친척이 거의 없었던 우리 집에서 그것은 처음 겪는 죽음이었고, 우리는 이 생면부지의 죽음을 감당하느라 외로웠다. 고통이 사람을 얼마나 외롭게 하는지 그때 처음 알았다. 나는 고통에 몸부림치는 어머니에게 신물을 냈고, 그런 내 자신을 혐오했고, 우리가 각자의 아픔 속에 고립되어 있다는 데 절망했다.

얼마 뒤 어머니는 항암치료를 그만두어야 할 만큼 상태가 나빠졌다. 죽음이 더 가까이 왔다. 꿈을 꾼 것은 이 무렵이다. 그날 이후 나는 처음으로 죽음에 관한 책을 읽기 시작했다. 무엇을 배울지, 아니 배워야 할지 몰랐기에 두서없이 조금씩 드문드문 읽다가 덮곤 했다.

다행히 어머니는 그 뒤 서서히 회복되었고 전처럼 삶

을 건강히 이어갔다. 나 역시 다시금 여러 욕망을 품곤 했다. 하지만 이전처럼 오래 머물진 못했다. 나를 사로잡는 열망들이 나를 바꾸지 못하리란 걸 알면, 갓 구운 빵처럼 탐스럽던 그것들은 금세 식어 굳어버렸다.

나는 죽음에 사로잡혔다. 오래전 내게 탈출구처럼 다가왔던 죽음의 유혹은 이제 공포가 되었다. 비로소 죽음이 실체를 드러낸 것이다. 그래봐야 아주 조금뿐이지만.

꽤 긴 시간이 흐른 어느 날, 니체의 《즐거운 학문》을 읽다가 그도 같은 말을 들었음을 알았다. 그 말을 듣고 겁에 질려 울었던 나와 달리 그는 이 '계시'를 듣고 기쁨에 겨워 울었다지만. 어쨌든 들은 말은 같았으므로 나는 희망을 품었다. 내 절망을 벗어날 길을 그가 가르쳐줄지도 모른다고 생각했다. 그러면, 평생 자신의 삶에 전전긍긍

했던 니체라면, 나처럼 구렁에 빠진 인간이 어떻게 삶을 이어갈 수 있는지 말해주지 않을까. 그리하여 죽음의 공포를 벗어날 수 있는 아주 좁은 샛길이라도 보여주지 않을까.

그러나 결론부터 말하면, 나는 그에게서 길을 찾지 못했다. 니체는 악마가 전한 영원회귀의 저주를 영원회귀의 계시로 바꾸는 '의지'를 가지라고 존재에게 요구한다. 이대로 수없이 반복하기를 바라느냐는 질문을 매 순간 모든 행위에 던짐으로써 자신의 행위를 결단하라고. 그렇게 결단한 행위는 나라는 존재를 혁신할 것이고, 혁신된 존재는 모든 행위의 반복을 기꺼이 수긍할 것이라고 말한다.

하지만 꿈속에서 내가 들은 것은 선고宣告였다. 내가 원하든 원하지 않든 태어나고 죽는 운명에 대한 진술이었다. 그 속수무책의 운명 앞에서 내 의지는 신앙만큼이나 믿을 수 없었으니, 니체의 문장은 끝내 계시가 되지 못했다.

이대로 죽을 수도 이대로 살 수도 없는 시간이 흘렀다. 나는 오래 손 놓았던 죽음 공부를 다시 시작했다. 어떤 질문도 허용치 않는 그 완강한 운명을 알 수 있다거나 바꿀 수 있다고 믿어서가 아니라, 다만 피할 수 없어서. 달아나도 달아나도 언제나 등 뒤에 버티고 선 그 그림자를 떨칠 방법은 돌아서 마주하는 것밖에 없어서.

그리고 다시 죽음이 찾아왔다. 이번엔 진짜 죽음이.

고목이 스러지듯—그리하여 꽃도 잎도 새도 더는 깃들지 않듯—아버지가 사위는 모습을 망연히 지켜보는 동안, 나는 타인의 문장에 머리를 처박고 잔인한 운명이 서둘러 지나기만을 바랐다. 그때 내 공부는 도피였고, 기도

였고, 가망 없는 삽질이었다. 그래도 망외의 소득은 있어 하염없는 슬픔을 버틸 수 있었으니. 이 공부가 끝나는 날 내가 무엇을 얻을지 그 누가 알랴.

#08

모든 것은 학습을 요한다.
독서부터 죽음까지.

귀스타브 플로베르

죽음 공부를 시작한 뒤, 틈만 나면 죽음에 관한 책을 찾아 읽고 죽음 이야기를 하니까 사람들이 묻는다. 왜 그렇게 죽음에 관심이 많아? 정말 궁금해서 묻기도 하지만 대개는 '왜 하필 죽음이냐?'는 힐난조의 물음이다. 시나 역사, 철학, 우주에 관한 책을 읽는다고 하면 관심을 보이고 반색하던 이들도 죽음에 관한 책이라면 고개를 외로 꼰다. 거기에는 죽음은 생각하고 싶지 않다는 회피, 죽음을 알면 뭐 하느냐는 자조, 책으로 공부한다고 죽음을 알겠느냐는 회의까지 다양한 감정들이 담겨 있다. 툭 내뱉는 한마디에 죽음에 관한 온갖 생각이 들어 있는 셈이다.

최근 몇 년 사이 한국 사회에서도 존엄사, 안락사가 이슈가 되면서 전보다는 이야기도 많이 하고, 죽음 관련 책도 크게 늘었다. 하지만 아직도 대다수 사람들에게 죽음은 불편하고 불쾌한 주제이며 기피의 대상이다. 죽음을 공부하고 토론하는 것은 부질없는 오지랖쯤으로 여기는 이들도 많다. 죽음을 안다고 어쩔 수 있는 것도 아닌데 왜 죽기도 전에 죽음을 생각하고 고민하느냐는 거다.

하긴 내 경우에도 오랜 시간 죽음에 관해 읽고 고심하고 상상해왔지만, 여전히 죽음을 모르며 잘 죽을 자신도 없다. 다른 문제를 이만큼 공부했으면 제법 아는 게 생겼을 텐데 죽음은 십 년 넘게 붙잡고 있어도 오리무중이다. 아니, 하면 할수록 점점 더 모르는 게 많아지는 것 같다.

공부의 달인이랄 수 있는 공자가 이 문제에 시큰둥했던 것도 그래서인 듯. 공자와 제자들의 문답을 기록한《논어》에 이에 관한 흥미로운 이야기가 있다.

어느 날 제자 자로가 귀신을 어떻게 섬겨야 하는지 물었다. 공자는 "아직 사람도 섬길 줄 모르면서 어찌 귀신을 섬길 수 있겠느냐?" 하고 퉁명스럽게 답했다. 다른 사람이라면 머쓱해서 물러났겠지만, 자로는 용감무쌍하기로 둘째가라면 서러운 사람이었다. 그는 기죽지 않고 다시 물었다.

"감히 죽음에 대해 여쭙습니다."

"삶도 아직 모르는데 어찌 죽음을 알겠느냐?"

'앎이란, 아는 것은 안다고 하고 모르는 건 모른다고 하는 것'이라 했던 사람답게 공자는 모른다고 딱 잘라 말한다. 몰라도 아는 척하는 요설가들과는 전혀 다른데, 아무튼 공자가 죽음에 대해 말한 건《논어》를 통틀어 이게 전부다. 배우고 가르치는 게 인생의 일이었던 공자지만 죽음은 배울 수도 가르칠 수도 없다고 여겼던 것이다.

공자만이 아니라 유가에 비판적인 장자도 비슷하다. 《장자》'양생주養生主' 편에 이런 구절이 나온다.

우리의 삶은 끝이 있다. 그러나 우리의 앎의 욕구는 끝이 없다. 끝이 있는 것으로 끝이 없는 것을 좇는 건 위태롭다.

죽음은 알 수 없다고 한 공자처럼 장자 역시 죽음을 인식하는 데는 한계가 있다고 보았다. 이 점에선 서구의 현대 사상가들도 다르지 않다.

삶을 희구하는 에로스만큼 죽음을 향한 타나토스를 강조했던 지그문트 프로이트는 "우리 자신의 죽음을 아는 것은 실로 불가능하다"고 말한 바 있다. 그에 따르면, "우리의 무의식은 우리가 죽는다는 걸 믿지 않고, 그래서 자신이 불멸인 양 행동한다." 사람은 구경꾼의 입장에서 자신의 죽음을 생각하고 그려볼 수는 있지만 정말로 그것을 실감하고 인식할 수는 없다는 것이다.

과연 그렇다. 인간은 아무리 상상력이 풍부해도 자신이 언제 어떻게 죽을지, 죽는 순간 무엇을 느끼고 어떤 생각을 할지 알지 못한다. 그러니 아무리 공부해도 죽음은 알 수 없는 것이다. 그런데 왜 죽음을 생각하고 공부하느냐고?

흔히 머리로는 알아도 몸으로 깨달아 알지 못하면 그건 참된 지식이 아니라고들 한다. 맞는 말씀이다. 책으로 배운 지식, 삶이 되지 못한 추상적인 지식엔 한계가 있는 게 사실이다.

하지만 세상에는 경험으로 알 수 없어도 삶에 피가 되고 살이 되는 지식들이 있다. 많은 과학적 지식이 그렇다. 대표적인 것이 양자역학이다. 이 분야의 지식은 보통 사람이 실감할 수도 없고 상상하기도 힘들다. 하지만 이 지식 덕분에 우리가 매일 쓰는 휴대전화를 만들고 우리가 사는 이 우주를 설명할 수 있게 되었다.

그러고 보면 죽음은 마치 암흑에너지와도 같다. 우주 전체 에너지의 약 4분의 3을 차지하는 암흑에너지는 우주가 지금처럼 생명이 살 수 있는 곳이 된 데 결정적 역할을 했다고 한다. 그러나 그것은 눈에 보이지 않으며 아무도 정체를 모른다. 그래서 물리학자이자 소설가인 앨런 라이트먼은 암흑에너지를 가리켜 "우주에 도사린 궁극의 배후세력"이라고 표현했다.

죽음도 마찬가지다. 정체는 알 수 없으나 우리 인생에 직간접적인 영향을 미친다는 점에서, 죽음은 우리의 삶에 도사린 궁극의 배후세력이다. 내 삶을 움직이는 궁극의 힘을 모르면서 삶을 이해할 수 있을까? 아니, 제대로 살 수 있을까?

소설가이자 실존주의 심리치료로 유명한 정신과 의사 어빈 얄롬은 이 배후세력의 은밀한 공작을 누구보다 잘 알았던 사람이다. 그래서 우울이나 불안, 편집증 같은 다양한 증상으로 찾아온 환자들에게 틈만 나면 죽음을 상기시켰다. 증상의 배후에 죽음이 있다고 본 것이다.

그는 죽음과는 거리가 멀어 보이는 젊은이부터 늙고 병든 사람들, 말기 환자들, 사별의 슬픔에 잠긴 이들에게 가차 없이 이 주제를 들이밀었다. 사람들은 당혹스러워하거나 회피했고, 어떤 이들은 불만을 터뜨렸다.

반발이 자못 심했는지, 그는 일흔 가까운 나이에 쓴《폴라와의 여행》이란 책에서 이에 대해 아예 '질문'과 '대답'이라고 명토를 박아 이유를 밝혔다.

질문: 왜 가렵지도 않은데 긁는가? 배우자와 사별해

서 이미 의기소침해 있는 사람들에게 왜 죽음의 불안을 부채질하는가?

대답: 왜냐하면 자신의 죽음에 대면하는 것은 개인의 긍정적인 성장을 촉진할 수 있기 때문이다.[4]

아주 똑떨어지게 정리하지 않았는가? 얄롬은 우리가 알든 모르든 죽음은 언제나 우리 곁에 숨어서 우리를 가렵게 만들며, 그 때문에 불안이나 우울 같은 이런저런 증상이 나타나는 것이라고 생각했다. 그래서 죽음을 "근심과 스트레스, 갈등을 가져다주는 마르지 않는 샘"이라고 표현하기도 했다.

죽음과 신경증은 상관이 없다고 믿었던 프로이트와 달리, 얄롬은 사람들이 겪는 정신적 고통과 슬픔의 상당 부분은 죽음, 정확히 말하면 죽음에 대한 불안에서 기인한다고 보았다. 그리고 고통과 불안에서 벗어나려면 먼저 죽음이 자신의 문제임을 인정해야 한다고 조언했다. 남들에게 말만 한 게 아니라, 그 스스로가 "모든 사람과 똑같이 나는 죽음을 두려워한다"고 고백하며 두려움을 넘어설 방법을 찾았다.

아흔이 돼서도 환자들을 만나고 배우고 반성하며 나아가는 그를 보면, 죽음과 대면할 때 비로소 인간은 성장할 수 있다는 그의 말에 고개를 끄덕이게 된다.

#09

우리가 죽지 않고 늙지 않고 영원히 살 수 있다면,
나는 다시는 전투에 나가지 않을 것이고 명예 때문에
너를 전장에 보내지도 않을 것이야!

호메로스, 《일리아드》

교육방송EBS 다큐프라임 '데스' 제작팀이 펴낸《좋은 죽음 나쁜 죽음》이란 책에는 알롬의 주장을 뒷받침하는 여러 사례가 나온다. 동일본 대지진을 겪은 뒤 행복감을 재인식하고 인생관이 바뀌었다는 조사 연구, 긍정적인 죽음 이미지를 접한 사람들이 기부에 더 적극적이었다는 실험 결과 등이 대표적이다. 특히 흥미로운 것은 유치원 아이들을 대상으로 한 실험이다.

제작팀은 아이들을 두 집단으로 나눠 한쪽은 죽음에 대한 이야기를 하고 다른 쪽은 신나게 놀게 한 뒤, 팃포탯 Tit-for-tat*을 활용한 사탕 나누기 게임을 했다. 가위바위보를 해서 이긴 사람이 상대에게 사탕을 주거나 뺏으면 상대도 그 행동을 그대로 따라하는 게임인데, 결과는 놀라웠다. 사전에 죽음 이야기를 한 집단이 다른 집단에 비

---

* '죄수의 딜레마'로 유명한 게임이론으로, '눈에는 눈, 이에는 이'처럼 상대의 행동을 그대로 따라하는 맞대응 전략이다. 장기적으로 사회적 협력을 가능하게 하는 전략으로 알려져 있다.

해 친구들에게 사탕을 나눠준 비율이 훨씬 더 높았다. 어린아이도 죽음을 생각하자 주위 사람들을 더 배려하는 행동을 한 것이다.

그렇다고 죽음이 늘 긍정적인 영향을 미치는가 하면 그건 아니다. 죽음을 떠올린 뒤에 사치품 소비가 늘고, 알코올이나 약물에 중독될 위험이 커진다는 실험 결과도 있으니까. 심지어 죽음의 공포를 벗어나려 스스로 목숨을 끊는 일도 있다. 가령 도스토옙스키의 소설《악령》에 나오는 키릴로프란 인물은, 자살을 통해 죽음의 공포를 이겨내면 신이 될 수 있다며 자살을 택한다.

죽는 게 두려워서 죽는다니 이 무슨 이상한 말인가 할지 모르지만, 내 경험상 충분히 가능한 일이다. 초등학생 시절 담임선생이, 전쟁이 일어나면 너희는 북한군에게 잔인하게 죽임을 당할 거라며 어찌나 겁을 주던지, 차라리 내 손으로 먼저 죽는 게 낫지 않을까 생각한 적이 있기 때문이다.

이처럼 죽는 것이 무서워서 지레 죽기도 하지만, 반대로 죽지 않으려고 자살을 택하는 경우도 있다. 궤변 같지만 심리학자들에 따르면 이런 일이 생각보다 많다고 한다. 가미카제나 자살 폭탄 테러처럼, 국가나 종교가 말하는 영생을 믿고 자신의 목숨을 버리는 것이 바로 그런 경우다. 목숨을 끊으면서도 자신이 계속 살아 있을 거라고 믿고, 죽음이 아니라 오히려 불멸을 꿈꾸면서 죽는 것이다.

죽음의 공포는 이렇게 자신을 해치기도 하지만, 반대로 타인을 상하게도 한다. 코로나19 같은 감염병이 유행하자 인종차별과 외국인 혐오가 노골적으로 드러나듯이, 공포를 다른 집단을 향한 배타적이고 공격적인 행동으로 표출하는 것이다. 그래서 국민적인 지지를 못 받는 정부나 독재자들은 툭하면 전쟁 위기를 조장하고 테러 위협을 운운한다. 사람들의 심리를 이용해서 죽음의 공포를 부추기는 일종의 공포 마케팅이랄까.

분명한 것은, 긍정적이든 부정적이든 죽음이 삶에 커다란 영향을 미친다는 사실이다. 사고나 질병으로 죽음의 문턱에 갔던 이들 중에는 두려움과 절망만큼이나 삶에 대한 새삼스런 애착을 느꼈다고 고백하는 경우가 많다. 당연하게 여겼던 시간과 관계의 소중함을 깨닫고 이전까지와는 전혀 다른 삶을 사는 경우도 적지 않다. 죽음을 실감한 순간, 이전까지 안달했던 많은 일들이 부질없게 느껴진 까닭이다. 그러면서 나를 살게 하는 힘은 무엇인지, 삶을 이루는 많은 것들 중에서 정말 중요한 것이 무엇인지 돌아보게 된다.

스티브 잡스는 열일곱 살 때부터 매일 아침 거울을 보

며, "오늘이 마지막 날이어도 지금 하려는 일을 할까?" 하고 스스로에게 물었다고 한다. 그는 췌장암으로 시한부 선고를 받은 뒤 스탠퍼드대학교 졸업식 축사에서 이렇게 말했다.

"내가 곧 죽는다는 사실을 기억하는 것은 삶의 중요한 순간마다 내게 큰 도움을 주었습니다. 여러분, 인생의 시간은 한정돼 있습니다. 그러니 다른 사람의 삶을 사느라고 인생을 낭비하지 마세요."

그의 말처럼, 죽음을 생각한다는 건 내 인생에 무엇이 중요한가, 지금 잘 살고 있나, 어떻게 살아야 하나, 스스로에게 질문을 던지며 스스로를 깨우치는 것이다.

인생의 의미를 찾는 데 굳이 죽음까지 생각해야 하나 싶을지 모른다. 하지만《존엄한 죽음》을 쓴 저널리스트 최철주는 그래야 한다고 답한다. 딸과 부인을 몇 년 사이에

잇달아 잃고 웰다잉 강사가 된 그는, "우리 사회가 너무 쉽게 치유니 깨달음이니 하는 게 거슬린다"고 토로한다. 그는 산티아고 순례여행을 다녀온 한 교수가 귀국 후 늙은 반려견이 실명한 걸 알고, 자신에겐 죽음이란 문제가 남아 있으며 죽음을 들여다보지 못한 자신은 아직 멀었다고 고백한 이야기를 전하면서, 현실의 죽음과 부닥뜨리지 않고는 진정한 치유도 깨달음도 불가능하다고 말한다. 정말 그렇다.

우리가 하는 많은 고민과 걱정은 인생이 유한하다는 데서 온다. 유한하기에 헤어짐이 있고, 여한이 있고, 그래서 욕망과 근심과 불만이 생기는 것이다. 여행으로 여유를 찾고 근심을 내려놓는다 해도 그것은 잠시뿐, 우리는 다시 유한해서 조바심 나는 일상과 마주할 수밖에 없다.

그러니 힘들어도 이 유한함을 직시해야 한다. 죽음과

부딪쳐서 그것을 진지하게 끌어안고 고민할 때 비로소 인생의 문제를 볼 눈이 열리고, 잘하면 답을 얻을 수도 있다. 많은 나라에서 어릴 적부터 죽음교육을 실시하는 것도 그래서다. 어빈 얄롬이 말했듯, 죽음을 직시하는 건 개개인의 긍정적인 성장을 자극한다.

침묵, 기도, 노동을 엄격히 지키는 엄률 시토수도회에서 유일하게 허락한 한마디는, 인사말을 대신한 "메멘토 모리(죽음을 기억하라)"라고 한다. 구도자들만이 아니다. 옛날 로마에서는 개선장군이 행진할 때 "메멘토 모리!" 하고 외쳤단다. 승리에 도취된 절정의 순간, 죽음으로 삶의 한갓됨을 일깨운 것이다. 그리하여 부질없는 욕심에서 벗어나게 하고 지금 이 순간의 삶이 얼마나 소중한지 되새기게 했으니 이보다 근사한 환영식이 있을까.

10

케임브리지대학 고고학 연구팀은 이라크 샤니다르
동굴에서 새로 발굴한 네안데르탈인 화석을 근거로,
그들이 망자를 매장할 때 꽃을 바치는 풍습이
있었으며, 이는 그들이 추상적 사고능력을 갖고
있음을 증명하는 '장례의식'이라고 새로운 결론을
내놨다. 연구팀을 이끈 에마 포머로이 박사는
"주검을 매장한 네안데르탈인이 복잡한 사고능력과
망자에 대한 동정심, 상실감과 추모감정을 가졌음을
시사한다는 점에서 중요하다"고 말했다.

《한겨레》 2020. 2. 19.
조일준 기자의 〈네안데르탈인, '꽃 매장 의례' 확인〉 기사를 부분 수정해 인용함.

죽음을 생각하는 것이 현재의 인생살이에만 도움이 되는 건 아니다. 솔직히 죽음을 붙잡고 고민하는 것은 막막하고 힘들다. 그럼에도 불구하고 쉽지 않은 공부를 하는 이유는, 인간이 어떤 존재인지 이해하기 위해서다.

무엇보다 죽음은 인간과 다른 동물을 구별하는 고유성의 한 지표다. 흔히들 인간을 만물의 영장이라고 하면서, 커다란 대뇌용량, 언어와 도구의 사용 등을 인간 고유의 능력으로 꼽는다. 하지만 동물의 지능과 감정을 연구한 그간의 성과들을 보면, 인간처럼 고도로 발달한 형태는 아니라도 상당한 지능을 갖고 나름의 언어를 사용하는 동물들이 있다. 또 까마귀처럼 도구를 사용하는 동물도 있고, 자신의 보금자리를 예쁘게 인테리어하는 동물도 있다. 혹시 인간의 언어를 배워서 사람과 깊이 소통했던 앵무새 알렉스를 아는가? 알렉스는 죽기 전날, 긴 세월 자신과 함께했던 연구자에게 "착하게 있어. 사랑해"라고 유언을 남기기도 했다.

이런 사실들을 알고 나면, 과연 인간이 동물과 다른 점이 있기나 한지 의문이 생긴다. 그래서 말인데, 내 생각에 동물과 구분되는 인간만의 고유한 특징이 있다면 그건 오직 시신을 처리하는 장례의식인 것 같다. 사람처럼 특별한 형식을 갖춰 주검을 묻고 기리는 동물은 아직까지 보고된 적이 없기 때문이다.

과거에 '네안데르탈인'이라고 하면 현생인류와는 다른, 힘만 세고 지능은 낮은 짐승 같은 존재로 여겼다. 하지만 그들이 죽은 자를 묻고 꽃까지 바쳐 장사 지낸 유적이 발견되면서 시각이 바뀌었다. 매장 풍습은 그들에게도 '인간성'이 있다는 하나의 증거로 여겨졌고, 이는 유전자를 이용한 최근 연구들에 의해 사실로 드러났다. 네안데르탈인이 현생인류와 수만 년간 공존하며 적으나마 유전형질을 나눠준 인류의 한 조상이라는 게 밝혀진 것이다.

과학자들은 인류가 추위를 견디고 유라시아 대륙으로 진출할 수 있었던 것, 우울증에 시달리는 것, 담배에 중독되는 것이 모두 네안데르탈인의 유전형질 때문이라고 말한다. 어쩌면 우리가 무덤을 만들고 꽃을 바치는 것도 그들이 물려준 유산일지 모른다. 그런데 인간은 왜 그 먼 옛날부터 죽은 자를 장사 지냈을까? 주검을 기리는 마음속엔 어떤 생각이 있는 걸까?

어떤 이들은 인간만이 장례를 지낸다는 사실로부터, 인간만이 죽음을 의식한다고 주장한다. 그러나 〈동물의 왕국〉 같은 다큐멘터리를 보면 꼭 그런 건 아니다. 언젠가 TV에서, 밀렵꾼으로부터 자신들을 구해준 은인이 죽은 걸 알고 20여 마리의 코끼리가 고인의 집 앞에 모여 애도

하는 다큐멘터리를 본 적이 있다. 내레이터에 따르면, 수십 킬로미터 떨어진 먼 곳에서 찾아와 장례식 내내 그렇게 있었고 이듬해 기일에도 다시 찾아왔다고 한다. 동물이 문상을 하고 제사까지 지냈다는 말인데, 정말 놀랍지 않은가. 묵념하듯 고개를 숙인 채 조용히 서 있는 코끼리들을 보지 않았다면 믿지 못했을 것이다.

코끼리는 동물 중에도 특별한 경우지만, 다른 짐승들도 가까운 존재의 죽음에 충격을 받고 슬퍼한다는 증거는 많다. 즉 죽음을 의식하고 슬퍼하는 것은 사람이나 동물이나 매한가지다. 그럼 무엇이 다른가? 차이점은 주검을 대하는 방식에 있다. 다른 동물들이 주검을 자연에 그대로 방치하는 데 비해, 인간은 주검을 수습해 기린다. 사후세계에 대한 숱한 신화와 전설, 그리고 지금까지 인류사에 커다란 영향을 미치는 종교는 이로부터 기인한다. 죽음을 의식하는 건 인간만이 아니지만, 죽음 이후를 상상하고, 죽음을 인식하는 자신을 특별한 존재로 여기는 것은 인간뿐이라 할 수 있다.

약 10만 년 전 네안데르탈인은 삶이 이대로 끝이 아니라 믿었기에 시신도 그냥 내버려두지 않았다. 죽은 몸뚱이조차 거두고 꽃으로 위로하는 마음, 거기서 인간이 시작한다. 그것이 설령 죽음에 대한 미망이라 해도, 인간은 그런 미망으로부터 시작된 존재다. 미련하지만 미련하게 죽음에 저항한 존재가 바로 인간인 것이다. 그러므로 인간을 이해하려면 이 미련을 이해해야 하고, 이 미련을 낳은 죽음을 알아야 한다.

#11

공동체가 스스로를 드러내는 것은
죽음을 통해서다.

장 뤽 낭시,《무위의 공동체》

죽음은 인간 내면에 대해서뿐 아니라 인간들이 모여 사는 사회를 이해하는 데도 도움이 된다. 우리가 사는 시대와 사회를 반영하는 거울이라고나 할까.

사람이 살고 죽는 것은 자연의 섭리이므로 언제 어디에 살든 죽음은 누구나 똑같이 겪는다고 생각하기 쉽다. 하지만 사는 자리가 다르면 삶이 달라지듯이, 죽음도 달라진다.

가령 오늘날 논란이 되고 있는 사형제도나 안락사를 생각해보자. 똑같은 죄를 지었어도 어느 나라에 사느냐에 따라 사형을 당하기도 하고 면하기도 한다. 2011년 노르웨이에서 폭탄 테러와 무차별 총기 난사로 수십 명을 죽이고 수백 명을 다치게 한 범인은 21년의 징역형을 선고받았다. 노르웨이 법정 최고형이라는데, 우리나라는 물론이고, 아마 사형제도가 있는 나라라면 달라도 아주 달랐을 것이다.

마찬가지로, 같은 병에 걸려도 어느 나라 어느 지역에 사느냐에 따라 삶과 죽음이 나뉘고 죽음의 모습이 달라진다. 2008년 영국에선 불치병에 걸린 열세 살 헤나 존스가 존엄하게 죽고 싶다며 수술을 거부하고 죽음을 택한 일이 있었다. 병원은 소송을 제기했고 긴 공방 끝에 헤나는 뜻을 이뤘다. 그런데 만약 헤나가 한국에 살았다면 어땠을까? 과연 자신의 의지대로 남은 시간을 보내고 떠날 수 있었을까?

자살이나 살인 같은 죽음은 수천 년 전부터 있었기에 시대 변화와는 무관해 보인다. 하지만 홀로코스트나 킬링 필드처럼 수만 명, 수십만 명이 한꺼번에 죽임을 당하는 집단살해genocide가 계속 일어나는 것, 스위스의 디그니타스*같이 사회적으로 공인된 자살이 이루어지는 것은 모두 20세기 이후에 나타난 매우 현대적인 죽음이다.

우리가 잘 아는 안중근 의사, 유관순 열사의 죽음도 다른 나라에서는 보기 드문 우리만의 근대사를 반영한다. 윤봉길, 전태일, 박종철 등 수많은 열사烈士·의사義士들, 그리고 억울한 의문사들은 제국주의와 독재에 맞서 싸운 한국의 고유한 시대상을 보여준다.

그런가 하면 최근 들어 급격히 늘어나는 고독사와 간병살인은 현대 한국의 사회상을 비추는 어두운 거울이라 할 수 있다. 얼핏 생각하면, 개인주의적인 미국이나 유럽이 가족주의적인 일본과 한국보다 이 문제가 심각할 것 같은데, 현실은 정반대다. 유럽 등에선 일찍부터 초고령화에 대비해 지역공동체를 활성화하기 시작한 반면, 한국이나 일본은 모든 걸 가족에게 맡겼다가 가족이 해체되면서 문제가 심각해진 측면이 크다. 개개인의 죽음의 모습 속

---

* 말기·불치병 환자의 안락사를 돕기 위해 1998년 스위스에 설립된 비영리단체 및 부속 전문병원. 디그니타스Dignitas는 라틴어로 '존엄성'을 의미한다.

에 한 사회의 역사·문화·정치·경제·복지 정책이 두루 담겨 있는 것이다.

사람은 혼자 죽지만 그 죽음은 혼자만의 것이 아니다. 죽음의 사회성을 다룬《13가지 죽음》이란 책을 쓴 법학자 이준일은, "한 사회가 죽음을 어떻게 대하는지를 보면 생명의 가치를 어떻게 여기는지 알 수 있다"고 했다. 그 말처럼 죽음은 한 사회가 인간에 대해 어떤 태도를 취하며, 공동체 성원들을 어떻게 대하는지 보여주는 지표라 할 수 있다. 얼마나 많은 사람이 죽는지, 어떤 이유로 죽는지, 어떤 사람들이 죽고 어떤 이들이 살아남는지, 어떻게 죽어가는지 등을 보면 그 사회가 어떤 사회인지, 살 만한 사회인지 아닌지 가늠할 수 있다.

정리하자면, 죽음을 생각하는 것은 첫째, 지금의 내 삶을 제대로 잘 살기 위해서다. 삶에서 무엇이 중요한지 묻게 하니까. 둘째, 나라는 인간을 이해하는 데 도움이 된다. 죽음은 인간의 궁극의 조건이기 때문이다. 셋째, 다른 사람과 다른 생명체도 나처럼 죽음과 그로 인한 두려움을 겪는다는 걸 알면 연민이 생기고 배려하게 된다. 타자에 대한 이해와 공감능력이 커지는 것이다. 마지막으로, 죽음을 생각하는 것은 내가 사는 사회를 이해하기 위해서 꼭 필요한 과정이다.

왜 죽음을 공부하느냐고? 나를 알기 위해서. 내가 사랑하고 미워하는 사람들을 알기 위해서. 그리고 내가 택하지 않았으나 내가 감당하고 책임져야 할 이 사회를 제대로 이해하기 위해서. 그래서 나는 오늘도 죽음을 고민하고 공부한다. 부디 이 공부가 죽음에 이르기 전에 흔쾌한 미소로 끝날 수 있기를.

이 두려움을 어찌할까?

12

저는 죽음이 두렵지 않다고 말하는 사람은 자기를
속이는 거라고 생각해요. 우리가 죽음 자체를
두려워하는지는 모르겠어요. 우리가 죽음을
조금이라도 이해하는지 모르겠거든요. 그게 두려운
거죠. 이해할 수 없는 뭔가라는 점이요. 저 문밖을
나서면 어떻게 될까. 죽음을 아무리 많이 봐도,
사랑하는 사람들, 가까운 사람들을 아무리 물어도
몰라요. 그 문턱을 넘어간다는 게 어떤 뜻인지 제대로
아는 사람은 아무도 없죠.

응급구조사 에드 리어던의 인터뷰, 《여러분 죽을 준비 했나요》

한국인의 약 60퍼센트가 죽음을 두려워하지 않는다는 조사 결과를 본 적이 있다. 깜짝 놀라 주위 사람들에게 물어보니 역시나 상당수가 무섭지 않단다. 어째서 두렵지 않지? 묻는 내게 사람들은 되물었다. 왜 무서워?

죽음을 모르니까, 모든 것이 끝이니까, 무엇보다 나라는 존재가 없어지는 것이니까…. 말하다보니 궁색해졌다.

내 두려움을 설득할 순 없지만, 그럼에도 나는 죽음이 두려웠다. 물에 빠졌을 때, 갑작스런 불안발작(공황장애)으로 숨이 막혔을 때, 혼자만의 절망으로 못 견디게 외로웠을 때 슬프고 무서웠듯 죽음이란 그런 것이라 상상했다. 오로지 나 혼자 겪는 미지의 고통이라고.

죽음이 두렵지 않다는 말을 들으면 그래서 이따금 묻고 싶다. 죽음을 어떻게 상상하는지, 죽음에 대해 얼마나 생각했는지, 두렵지 않다는 초연함이 실은 죽음에 대한 무지나 무시의 반영은 아닌지 의심했다. 심술이 나서 그런 거지만, 한편으론 죽음을 실감하지 못할 때 사람은 얼마든지 초연할 수 있음을 알기 때문이다.

> 75세가 되면 이따금 죽음에 대해 생각해보지 않을 수 없네. 하지만 죽음을 생각하면 더없이 편안해진다네. 왜냐하면 우리의 정신은 결코 파괴되지 않는 존재이며, 영원에서 영원으로 끊임없이 이어지는 활동이라고 굳게 확신하기 때문이지.[5]

1824년 괴테는 만년의 제자 에커만에게 이렇게 말했다. 일흔다섯의 대작가답게 죽음을 담담히 받아들이는 모습이지만, 과연 이것이 괴테의 솔직한 심정인지, 아니 죽음에 대한 깊은 숙고 끝에 나온 말인지는 의심스럽다. 당시 그는 열아홉 살 소녀를 향한 이루어질 수 없는 사랑으로 괴로워할 만큼—에커만의 표현을 빌리면—"육체적으로나 정신적으로 생기발랄"한 상태였다. 나이와 상관없이 그는 아직 청춘이었고, 죽음은 현실이 아니었다.

그러나 6년이 지나서 오래 알고 지낸 루이제 대공비가 죽었을 때 괴테는 이렇게 토로한다.

죽음은 그 어떤 기이한 것입니다. 죽음은 언제나 그 어떤 믿을 수 없는 것, 예기치 않은 것으로 나타나기 마련입니다. 우리에게 잘 알려진 실존으로부터 우리가 전혀 아무것도 알 수 없는 어떤 실존으로 전환한다는 것은 폭력적인 것이며, 남아 있는 이들에게 아주 심오한 전율을 안겨줍니다.[6]

여든이 넘어 큰 병까지 앓고 난 괴테는 이제 죽음은 '알 수 없는 폭력적인 것'이며, 소중한 이들의 죽음은 '깊은 전율'을 안겨준다고 고백한다. 이즈음 그는 죽음을 앞둔 이를 방문하거나 가까운 이의 장례식에 참석하는 것도 이런저런 핑계를 대고 피했다고 한다. 죽음을 실감하기 전에는 죽음에 초연할 수 있었지만, 막상 현실로 다가오자 두려움을 느낀 것이다.

숱한 걸작을 낳은 괴테의 상상력도 오지 않은 죽음은 상상하지 못했던 셈인데, 그러니 많은 이들이 죽음보다 죽을병에 걸려서 오래 고통을 겪는 게 더 무섭다고 하는 것도 당연하다. 고통은 현실이되 죽음은 추상이니까.

대부분의 사람들은 고통 없이 편안히 죽기를 소망한다. 그런데 정말 편안한 죽음이면 죽을 만할까? 아니, 죽는 자에게 편안한 죽음이란 게 있을까? '9988234'란 말처럼, 99세까지 팔팔하게 살다가 이삼 일 아프다 죽거나 아예 자다가 죽으면 내게 닥친 죽음을 편안하게 맞을 수 있을까?

글쎄, 죽어보질 않았으니 나는 모른다. 나만이 아니라 죽어가는 자가 정말 어떤지는 아무도 모른다. 사람들이 말하는 편안한 죽음이란, 죽는 자의 편안함이 아니라 타인의 죽음을 지켜보는 입장에서의 편안함이다. '그만큼 오래 잘 살다가 별 고통 없이 죽었으니 편안하겠구나'라는 타인의 판단이다. 죽는 자를 바라보는 산 자의 시선이다.

편안해 보이는 죽음을 맞이하는 사람이 정말 편안할 수도 있다. 그러나 실제로 죽음을 겪는 사람이 편안한지 불안한지는 아는 이도 없고 알 수도 없다. 죽음으로 들어간 이는 말할 수 없으니까.

그가 어떤 심정으로 이 생애 최초의 사태를 맞이하는

지, 제대로 쉬어지지 않는 숨을 쉬느라 안간힘을 쓰며 그가 무슨 생각을 하는지, 살아서 지켜보는 이는 알 수가 없다. 죽음에 대한 두려움은 무엇보다 이 알지 못함에서 비롯한다. 그리고 죽음을 생각한다는 것은 바로 이 알지 못함에 대해 생각하는 것이다.

사람은 누구나 자신이 언젠가 죽을 것을 안다. 그러나 그 죽음이 무엇인지는 알지 못한다. 내가 사는 이 우주, 이 지구, 이 나라가 언제 어떻게 만들어졌는지, 내가 언제 어떻게 생겨나서 지금 같은 인간의 모습으로 살게 되었는지 설명해주는 과학은 있어도, 죽음의 실상에 대해 가르쳐주는 과학은 없다.

과학이 말해주는 건 나는 반드시 죽을 것이란 사실뿐. 그 순간 내가 무엇을 어떻게 겪을지는 여전히 오리무중이다. 오리무중인 현실, 내가 이해할 수도 설명할 수도 없는,

그러나 반드시 겪게 마련인 현실 앞에서 두려움을 느끼는
게 이상한 일일까.

#13

크고도 큰 불안이로구나. 얘야, 이렇게 큰 불안은 어느
누구도 쫓아낼 수 없어. 나도, 의사도, 도저히 쫓아낼
수 없다.

일본의 역사학자 이노우에 키요시가 죽음으로 이어지는
혼수상태에 빠지기 전 딸에게 한 말.

죽음에 초연했던 괴테가 막상 죽음이 자신의 현실이 되자 달라졌듯이, 오래 살았다고 해서, 많이 배웠다고 해서 죽음 앞에 담담할 수 있는 건 아니다.

20세기 최고의 지성으로 꼽히는 수전 손택은 두 차례 암에 걸렸고 예순여섯에 다시 혈액암이 발병해 일흔하나에 세상을 떴다. 그런데 아들 데이비드 리프가 마지막 나날을 기록한《어머니의 죽음》을 보면, 그는 마지막까지 죽음을 피하기 위해 안간힘을 썼다.

솔직히 그걸 보고 깜짝 놀랐다. 일흔이 넘은 나이고, 비평가로 예술가로 전 세계에 이름을 떨친 인생이니 '당연히' 죽음을 담담하게 받아들일 줄 알았다. 처음도 아닌 세 번째 암 선고였고, 의사도 모든 점에서 희망이 없다고 단언했으니 더욱 그럴 거라 생각했다.

그러나 아니었다. 손택은 마지막 순간까지 삶을 포기하

지 않았고, 자신이 죽어야 한다는 사실을 인정하지 않았
다. 아들은 평생 진실을 추구한 어머니가 생의 마지막에
'거짓 희망'에 의지하는 걸 보며 당혹감을 느꼈지만, 어머
니가 원하는 방식대로 돕는 것이 자신의 몫임을 알았기에
끝까지 어머니 앞에서 '죽음'이란 말을 입에 올리지 않았
다. 그리고 "죽음은 견딜 수 없는 문제"라면서 그것을 피
하기 위해 처절한 고통을 감수하는 어머니를 안타까운 마
음으로 지켰다.

수전 손택만이 아니다. 10년간 암을 앓다 세상을 뜬 일
본의 종교학자 기시모토 히데오는 암 통보를 받았을 때의
심경을 이렇게 토로했다.

나는 이 2주일 동안 생명에 대한 인간의 집착이 얼
마나 강한지 알았다. 생명이 직접적인 위기에 노출

되면 인간의 마음이 얼마나 소용돌이치고 미친 듯이 날뛰는지, 인간의 전신이 손끝 발끝 세포에 이르기까지 얼마나 필사적으로 죽음에 저항하는지… 나는 그것을 몸으로 느꼈다.[7]

많은 이들이 죽음을 겁내는 것은 어리석고 모자라고 미성숙한 인격의 반영이라고 여긴다. 그래서 괴테나 손택 같은 최고의 지성이라면 당연히 죽음을 담담히 받아들일 거라 기대한다. 아니, 꼭 이런 유명인이 아니어도 그 정도 나이를 먹었으면 죽는다고 울고불고할 일은 아니라고 여기며, 성숙한 인간이라면 모름지기 생사의 이치를 자연스레 받아들여야 한다고 믿는다.

하지만 그렇게 당연한 일이라면 싯다르타 왕자가 왜 모든 걸 버리고 구도자가 되었겠는가. 그가 어린 자식까지 떨치고 나선 것은 이 자연스러운 일을 자연스레 받아들일 수 없었기 때문이다.

예전에 붓다의 전기를 읽었을 때는 그가 늙은 사람, 아픈 사람, 죽은 사람을 보고 출가를 결심했다는 게 이해가 안 됐다. 성인聖人이란 사람이 생로병사라는 당연한 이치도 모르나 싶었다. 그런데 지금은 바로 이래서 성인이구나 싶다. 떨어지는 사과를 보고 왜 떨어지는지 질문했던 뉴턴처럼, 뭇 사람들이 당연히 여기는 일에 의문을 갖는 것이 얼마나 어렵고 중요한지 이제는 알기 때문이다.

늙음과 죽음은 모두 자연의 일이지만 그렇다고 자연스럽게 받아들일 수 있는 것은 아니다. 직접 겪는 이는 물론이고 보는 이에게도 지극한 고통을 불러일으키기 때문이며, 모든 것에 의미와 목적을 부여하던 이전까지의 삶이 이 필연 앞에서 무력해지는 까닭이다.

늙고 병들고 죽는 고통─사람이기에 피할 수 없고 사람이기에 그 필연을 인식하면서 겪어야 하는 고통 앞에서 우리는 묻게 된다. 이 고통을 어찌할 것인가? 어떻게 하면 이 고통으로부터 벗어날 수 있는가?

#14

"죽음! 오, 죽음! 그러나 남들은 죽음에 대해 아무것도 모르고 있고 또 알려고도 하지 않는다. 그들은 결코 나를 동정하지 않는다. 그들은 여유 있게 삶을 즐기고 있을 뿐이다."

레프 톨스토이, 《이반 일리치의 죽음》

죽음을 생각한다는 건 바로 이 질문을 내 삶의 질문으로 받아들이는 데서 시작된다. 죽음이 불러일으키는 두려움과 고통, 허무를 직면하는 것이다. 어차피 죽게 마련인데 왜 사서 고생하느냐고, 다들 죽는데 죽음이 뭐가 두려우며 고민할 게 무엇이냐고 반문할지 모른다.

실존주의 철학자 하이데거는 바로 그게 문제라고 비판한다. 《존재와 시간》이라는, 웬만해선 끝까지 읽기 어려운 난해한 철학서에서 그는 이렇게 말한다.

세인世人은 '사람은 결국 언젠가는 죽는다. 그러나 아직 나 자신은 죽음과 무관하다'고 말한다. 이때 죽음은, 어딘가에서 우리에게 닥쳐올 것은 분명하지만 자기 자신에게는 아직 임박해 있지 않기 때문에 위협적이지 않은 것으로 이해되고 있다. '사람은 죽는다'는 말은 '죽음이란 내 것이 아닌, 세인의 것'이란 생각을 퍼뜨린다. 여기서 '사람'이란 특정한 그 누구도 아니다.[8]

'세인' 같은 하이데거 특유의 용어가 골치 아프겠지만, 그냥 '세상 사람들', 우리가 일상생활에서 알게 모르게 의식하는 '남들'이라고 이해해도 상관없다. 여기서 그가 말하는 것은 '사람은 죽는다'는 통념이 가진 허구성이다. '나는 죽는다'고 말하는 대신 '사람은 죽는다'고 말함으로써 자기에게 닥친 죽음을 추상화한다는 것이다.

왜 그럴까? 왜 우리는 '나는 죽는다'고 말하지 않고 '사람은 죽는다'고 할까? '나'라는 개별자 대신 '사람'이란 보편자를 내세워 보편진리를 말한 것일까?

그러나 하이데거는 언뜻 철학적으로 보이는 이 진술

속에 사실은 '나의' 죽음을 실감할 수 없는, 아니 실감하고 싶지 않은 인간의 교묘한 회피가 숨어 있다고 지적한다. 그리고 이 회피가 불안을 낳는다고 말한다.

> '죽음에 대해 생각하는 것' 자체가 이미 현존재現存在를 불확실한 것으로 보는 것, 그 소멸에 대해 공포를 갖는 것, 암울하게 세계로부터 도피하는 것 등으로 간주된다. 세인은 이때 죽음에 대한 불안을 받아들일 수 있는 용기를 내지 못한다.[9]

그에 따르면, 회피는 불안을 낳고 불안은 다시 회피로 이어진다. 죽어가는 사람에게 당신은 죽지 않을 거라고 위로하는 것도 이 같은 회피의 일종이다. 사람들은 이런 위로의 말을 통해, 죽어가는 자만이 아니라 자신의 불안을 다독이고 억누르는 것이다. 그러나 하이데거는 이런 식으로 죽음의 불안을 회피하는 관행은 인간을 죽음으로부터 소외시킨다고 비판한다.

그의 말처럼, 죽음에 대해 생각하기를 꺼리고 두려움을 부끄럽게 여기는 사회에서 사람들은 죽음도 두려움도 이야기하지 못한다. 사실 뭔가를 두려워한다고 말하는 건 자랑스러운 일이 아니다. 그게 설령 죽음이라 해도 그렇다.

하지만 죽음을 두려워하는 걸 감추는 이런 묵계는 두려움과 함께 죽음 자체를 소거시킨다. 죽음에 대한 사고를 소거시키는 것이고, 죽음으로 대변되는 인간의 한계에 대한 고민을 소거시키는 것이다. 그리고 이런 세상에서 사람들은 죽음의 불안을 직시하고 받아들일 용기를 잃고 만다.

#15

그대는 암흑이 되어버렸고 내 말을 들을 수도 없다.
내가 죽으면 나도 엔키두처럼 될 것이 아닌가?
슬픔이 내 가슴에 스며든다. 나는 죽음이 두렵다.

《길가메시 서사시》

솔직히 죽음을 깊이 생각하다 보면 우울해지고 일상의 평온이 흔들리기도 한다. 죽음이 자신에게 닥친 절대적 현실이라는 것을 실감하는 순간, 사람은 크나큰 충격과 두려움에 사로잡힌다. 하지만 이를 회피하지 않고 자기 것으로 받아들이고 고민할 때, 사람은 새로운 시야를 얻고 놀라운 성취를 이룰 수 있다.

지금으로부터 4000여 년 전에 쓰인 고대 메소포타미아의《길가메시 서사시》. 현존하는 가장 오래된 시문학으로 유명한 이 작품의 주요 모티프는 바로 죽음이다. 길가메시는 서기전 28세기경 수메르의 도시국가 우르크를 지배한 전설의 왕으로, 이 서사시는 불멸을 찾아가는 그의 긴 여정을 담고 있다. 진시황이 불로초를 구했듯이 길가메시도 불멸의 길을 찾아 떠난 것인데, 계기는 벗 엔키두의 죽음이었다. 엔키두가 고통스럽게 죽는 것을 보고 충격을 받은 길가메시는 불사不死를 향해 먼 길을 떠났고, 그 이야기는 수천 년 동안 구약성서의 〈창세기〉를 비롯한 여러 신화와 전설에 영향을 주었다. 이 작품이 이렇듯 오래 사랑받을 수 있었던 것은, 길가메시 같은 영웅도 피하지 못한 운명의 무서움에 모두가 깊이 공감했기 때문일 것이다.

필멸의 운명에 괴로워하며 그것을 예술로 표현한 것은 현대인도 마찬가지다. 〈절규〉로 유명한 화가 에드바르 뭉크는 어린 시절 어머니와 누나를 잃고 평생 죽음의 공포에 시달렸다. 그는 죽는 날까지 이 고통을 쉼 없이 화폭에 옮겼다. 〈절규〉를 비롯해 〈죽은 어머니〉〈불안〉〈저승에서, 자화상〉 등 수많은 작품이 그 산물이다. 고통을 적나라하게 표현한 그의 작품을 사람들이 좋아하는 이유는, 불안에 시달리는 자신의 모습이 거기에 있기 때문일 것이다. 나만 괴로운 건 아니라는 사실을 확인하며 깊은 공감과 위로를 얻는다고나 할까.

20세기 최고의 그림책 작가로 꼽히는 모리스 센닥도 우울한 가정환경과 잦은 병치레로 어려서부터 죽음을 의식했다고 한다. 그는 가족이 죽을 때마다 그 모습을 그렸고, 시인 존 키츠의 데스마스크 같은 죽음 관련 물품들을 수집했다. 어린이 그림책이라고 하면 흔히 밝고 아름다운 이야기를 떠올리지만, 그는 어린 시절 자신이 느꼈던 두려움을 승화해 그림으로 표현했다. 어떤 이들은 그가 어린이의 순수함을 해친다고 비판했지만, 어린이들은 오히려《괴물들이 사는 나라》와 같은 그의 그림책을 사랑했다. 자기 내면의 무시무시한 상상과 공포를 웃음으로 풀어낼 수 있었기 때문이다.

죽음의 불안과 공포를 예술로 승화시킨 인물을 말하면

서 소설가 레프 톨스토이를 빼놓을 수는 없다.《전쟁과 평화》로 작가로서 최고의 전성기를 누리던 1869년, 마흔한 살의 톨스토이는 여행길에서 갑작스런 죽음의 공포를 경험했다. 아내에게 쓴 편지에서 그는 당시의 심정을 이렇게 고백했다.

"새벽 두 시였소. 갑자기 절망과 두려움, 공포가 나를 덮쳤소. 그처럼 고통스러운 기분은 정말 처음이었소."

두 살 때 어머니를, 아홉 살 때 아버지를 잃고, 두 형과 심지어 어린 자식의 죽음까지 겪은 톨스토이에게 죽음은 낯선 것이 아니었다. 하지만 그런 그조차 이런 고통은 처음이라고 토로할 만큼 그날의 경험은 충격적이었다. 타인의 죽음이 아니라 자신의 죽음이 처음으로 의식의 표면에 떠올랐기 때문이다.

사실 그 나이에 이런 심리적 공황 상태에 빠지는 건 톨스토이만이 아니다. 이른바 '중년의 위기'나 갱년기 우울증, 불안발작을 호소하는 이들 중 많은 사람이 그와 같은 일을 겪는다.

몇 해 전 한밤중에 나도 비슷한 경험을 한 적이 있다. 파도에 휩쓸리듯 두려움에 휩싸여 한동안 어쩔 줄 몰랐다. 그 무렵 제주에서 서울로 오는 비행기에서 갑자기 폐소공포증이 나타나는 바람에 큰 고통을 겪기도 했다. 하도 괴로워 병원에 갔더니 불안발작이라며 심리검사를 권했다. 검사하던 상담사가 왜 두려워하느냐고 물었다.

"아마도 죽는 게 무서운 거겠지요."

"죽는 게 뭐가 무서워요?"

한심한 듯 반문하는 젊은 상담사를 보자 내가 왜 여기와 있나 싶었다. 병원 대신 도서관으로 갔다. 불안발작에는 복식호흡이 도움이 된다기에 발작이 일어날 때마다 호흡을 하면서 왜 이런 증세가 시작되었는지 숙고했다.

꽤 오랜 고투 끝에, 그것이 당시 주위 사람들의 연이은 불행으로 인해 내가 느끼던 무력감과 관계가 있음을 알았다. 그리고 그 뿌리엔 늙어가는 나, 한계시간을 향해 달려가는 나란 존재의 근원적 불안이 있음을 깨달았다. 한동안 덮어두었던 죽음 공부를 다시 시작했다. 가방에는 병원에서 받은 안정제를 심리적 보루 삼아 들고 다니면서.

그때 약이 있다는 사실만큼이나 큰 힘이 된 것이 톨스토이의 《안나 카레니나》와 《이반 일리치의 죽음》이었다. 고통을 직시하고 그것을 자기 인생의 문제로 받아들인 톨스토이를 스승 삼아, 나도 발작이 일어날 때마다 증상의 배후에 있는 죽음을 직면하려 애썼다. 그 덕분인지 일 년여 만에 증상은 사라졌다.

두 작품, 특히 《안나 카레니나》에는 죽음의 공포와 삶의 허무에 맞서 삶을 계속하려는 톨스토이의 안간힘이 고 스란히 드러나 있다. 그는 죽어가는 형을 보며 괴로워하 는 남자 주인공 레빈을 통해 자신이 죽음 앞에서 느꼈던 당혹감과 두려움을 솔직하게 토로한다.

이 죽음… 사랑하는 형의 내부에 있는 죽음은 결코 지금까지 그가 생각하고 있었던 것처럼 인연이 먼 것이 아니었다. 그것은 자신 속에도 있었다. 그는 그 것을 느꼈다. 오늘 아니면 내일, 내일 아니면 삼 년 후, 아무려나 결국은 마찬가지가 아닌가!… '그렇 다면 난 어떻게 해야 하나. 무엇을 해야 한단 말인 가?'[10]

두려움 속에서 레빈은 어떻게 살아야 하나에 대한 답

을 찾기 위해 애쓴다. 82세로 세상을 뜰 때까지 후반생 내내 "죽음이란 무엇인가? 나는 나 자신을 어떻게 구원해야 하는가?"라는 질문을 놓지 않았던 톨스토이가 그랬던 것처럼.

이 질문 때문에 톨스토이의 말년은 평탄치 않았다. 이미 얻은 부와 명예를 내놓았고 끝내는 편안한 집을 떠나 길에서 숨을 거뒀다.

누구는 어리석다 하리라. 그러나 누구보다 삶에 정직했던 작가가 아무리 찬란한 성취도 필멸이라는 최후의 운명을 이기기는 힘들다는 것을, 그럼에도 삶은 계속되어야 한다는 것을 우리에게 일깨운다. 나는 그를 보며 배운다. 죽음을 두려워하지 않는 인간이 아니라, 두려움에 떨면서도 삶의 과제를 완수하는 사람이 진정 고귀하고 아름답다는 것을.

무릎이 꺾이는 날이면 톨스토이를 떠올리고 그의 문장을 읽는다. 투정을 부리기엔 갈 길이 멀다.

#16

죽을 운명을 부정하고 용감무쌍한 자아상을
획득하려는 자연스럽고 피할 수 없는 충동은 인류
악의 근본 원인이다.

어니스트 베커, 《죽음의 부정》

모든 생명엔 끝이 있다는 걸 인간은 안다. 필멸은 인간의 앎이 얼마나 지극하고 엄중한지를 보여주는 극한의 앎이다. 워낙 감당하기 힘든 앎이기에 어떤 이는 그 무게에 짓눌려 자신과 타인의 삶을 망치고, 어떤 이는 아예 모른 척 회피한다. 뭉크나 톨스토이처럼 예술을 통해 진실을 견디려는 이가 있는가 하면, 하루에 250가지 비타민제를 챙겨 먹는 미래학자 레이먼드 커즈와일처럼 그에 맞서 불멸을 추구하는 이도 있다. 삶의 모습은 저마다 다르지만, 죽음의 그늘을 벗어나지 못하기는 그들 모두 똑같다.

사회심리학의 새로운 장을 연 어니스트 베커는 필생의 역작《죽음의 부정》에서 이 그늘의 영향을 파헤쳤다. 그는 인간 행동의 기본적인 동기는 죽음의 공포를 벗어나려는 욕구라고 봤다. 그리고 죽을 운명을 부정하는 그 욕구에서 인간 사회의 악이 나온다고 생각했다. 자신이 믿는 신과 환상의 영원성을 지키기 위해, 타인의 신과 환상을 부정하고 공격하는 폭력을 행하기 때문이다.

출간된 지 반세기가 지났음에도《죽음의 부정》은 여전히 신선한 충격을 주는 문제작이다. 최근엔 셸던 솔로몬을 비롯한 실험사회심리학자들이 이 책을 바탕으로 '공포관리이론'을 정립해 세상을 놀래키기도 했다. 오늘날 어니스트 베커는 엘리자베스 퀴블러 로스와 더불어 죽음학의 선구자로 일컬어지고, 그의 책은 이 분야의 필독서로 꼽힌다.

하지만 살아 있을 때 그는 제대로 인정받지 못했다. 베커는 마흔아홉에 세상을 떠났는데, 생전에 그는 당시로선 생소한 학제적 연구방식과 전통적으로 금기시되어온 '죽음'을 연구한다는 사실 때문에 학계에서 소외되었다. 강단의 이방인이었던 그를 인정한 것은 강의를 듣는 학생들이었다. 학생들은 그의 강의에 열광했고, 그를 강단에 세우기 위해 직접 월급을 주겠다고 나서기도 했다. 다른 학자들은 이런 열광이 더 못마땅했을지 모른다.

아무튼 그는 학계의 외면 속에서도 고독하게 자신의 연구를 계속했고, 죽기 직전 그간의 연구를 집대성한《죽음의 부정》을 완성했다. 삶의 욕망에 초점을 둔 프로이트 학파에 맞서, 인간은 죽음의 불안, 즉 사멸의 두려움을 잊기 위해 일하고 사랑하고 미워하고 기도한다는 대담한 주장을 펼쳤다.

과감하지만 어찌 보면 참으로 쓸쓸한 인식이다. 죽는 게 두려워 이런저런 행위를 한다는 건 근본적으로 부질없는 일이라 할 수 있으니까. 그러나 그는 이 부질없어 보이는 진실을 있는 그대로 받아들였고, 생애 마지막 순간까지 이 진실을 드러내기 위해 최선을 다했다. 말기 암으로 죽기 며칠 전, 그의 원고를 읽고 서둘러 병실로 찾아온 철학자 샘 킨에게 그는 말했다.

"죽음이 임박한 때 나를 찾아왔군요. 지금 내 상황은 그동안 내가 죽음에 관해 써왔던 모든 것의 시험입니다. 그리고 나는 사람이 어떻게 죽을 수 있는지를, 사람이 죽음에 직면해 취할 수 있는 태도를 보여줄 기회를 잡은 셈이지요. 인간이 위엄 있는 대담한 방식으로 그렇게 할 수 있는지 없는지 말입니다."

그는 죽음의 공포를 부정하고 죽음을 초월할 수 있다고 믿는 거짓 환상들이 악을 낳는 만큼, 공포를 부정하지 않고 자신의 연약함을 직시하는 것이 무엇보다 중요하다고 역설했다. 그렇게 죽음을 인식할 때 폭력적인 가짜 영웅이 아니라 진실로 실존적인 영웅이 될 수 있다고.

샘 킨이 전하는 그의 마지막은 그 말이 옳음을 증명한

다. 그는 자신의 죽음을 통해, 인간이 위엄 있게 죽음을 맞을 수 있음을 보여주었다. 임종하기 전 그는, "자기를 향해 싱긋 웃는 해골을 받아들이는 법"을 배우려 필생의 연구를 했노라고 말했다. 놀랍지 않은가? 그가 남긴 학문적 성과도 대단하지만, 나는 죽음의 공포까지 기꺼이 껴안은 그의 삶이 더욱 대단하게 여겨진다. 암으로 죽어가는 고통과 불안과 공포를 고스란히 받아들이면서 자신의 삶을 완성하는, 참 어려운 일을 해냈으니 말이다.

한창나이에 암으로 죽는 것은 선택이 아닌 운명이었지만, 이 운명을 자신의 방식으로 해석하고 수행해낸 것은 그의 선택이고 의지였다. 아이러니하게도 그 의지는 삶을 결정하는 죽음의 의지를 해명했다. 그러나 이를 통해 인간이 죽음에 임하는 하나의 자세, 아니 철학을 만들 수 있었으니 얼마나 고마운 일인가.

17

사람은 죽음을 끝이라고 생각하고 고심하지만
죽음은 삶의 연속일 뿐이다. 영혼의 존재를 믿지 않는
사람이라 해도, 육체가 푸른 잔디와 구름으로 계속
이어진다는 것은 부인할 수 없다. 우리는 결국 물과
먼지에 불과하니까.

야누시 코르차크,《게토 일기》

암 진단을 받고 죽음의 공포에 시달렸다고 고백했던 기시모토 히데오는 긴 투병 생활의 끝에서 이렇게 말했다.

그러다가 문득 죽음을 정면에서 바라볼 수 있게 되었다. 특별하지만 죽음도 결국은 '헤어질 때'라는 생각이 들었다. 우리는 살면서 이별의 슬픔과 괴로움을 경험한다. 마음의 준비를 하고 그 괴로움을 견뎌낸다.

그래서 마음을 다잡고 준비하면 어떨까 생각했다. 그 준비란 지금 함께 있는 사람들과의 이별을 슬퍼하는 일이며, 자신이 살아온 세계에 미련을 떨치지 못하며 죽어가는 일이다. 죽음이란 그런 이별 방식이란 생각이 들었다. 죽음의 공포를 견디는 방법은 억지로 죽음에서 눈을 떼는 것이 아니라 하루하루

생활 속에서 작은 죽음의 이별을 되풀이하며 마음의 준비를 하는 일이다."

문장에 스민 절실함에 가슴이 따끔거린다. 내가 죽음을 공부하는 이유는 이런 마음의 경지에 이르고 싶어서다.

살아서도 만나지 못하는 이들이 있다. 그들과의 인연을 생각해도 가슴이 아픈데 하물며 죽음을 감당하는 게 어찌 쉽겠는가. 그러나 결국 죽음은 오고, 나는 죽어야 한다. 내가 사랑하는 당신도 죽는다. 이 슬픔, 이 절망을 견디는 길은 슬픔을 부정하는 것이 아니다. 슬픔을 인정하고, "미련을 떨치지 못하며" 죽음을 받아들이는 것뿐.

말은 쉽지만 쉽지 않은 일이다. 이별을 떠올리기만 해도 불쑥 눈물이 쏟아지곤 한다. 어찌하나? 이 슬픔을 어찌할 것인가? 그러나 내가 좋아하는 시인 비스와바 쉼보르

스카는 말한다.

　무엇 때문에 너는

　쓸데없는 불안으로 두려워하는가.

　너는 존재한다―그러므로 사라질 것이다

　너는 사라진다―그러므로 아름답다 [12]

　생의 무정함에서 생의 긍정을 보았던 시인에게 배운다. 마지막이 닥쳤을 때 부디 내가 이런 마음이면 좋겠다. 인위 人爲의 평생을 살았으되 마지막에는 자연에 순명할 힘을 가졌으면 좋겠다. 그래서 나는 다시 스스로에게 이른다.

　너는 죽는다. 죽고 싶지 않아도 죽을 것이니 미리 죽지 마라. 오직 그때, 너무 이르지도 너무 늦지도 않게 네 죽음을 받아들여라.

마지막은 어떻게 오는가?

#18

삶과 죽음에 관한 결정을 내리기 위해서는 사람들이
생의 마지막 순간에 대해 더 많은 것을 알아야만 한다.

안젤로 E.볼란데스,《우리 앞에 생이 끝나갈 때 꼭 해야 하는 이야기들》

삶이 저마다 다르듯 죽음도 사람마다 다르다. 갑작스러운 사고로 창졸간에 죽음을 당하는 이도 있고, 몇 달 몇 년씩 병을 앓다가 마지막을 맞는 이도 있으며, 노쇠하여 서서히 죽음에 이르는 경우도 있다.

대개의 사람들은 사고나 병으로 갑자기 고통스럽게 죽기보다는 살 만큼 살고 자연스럽게 죽기를 바란다. 늙도록 아프지 않고 건강하기를 바라며, 오래 앓지 않고 곱게 자연사하는 좋은 죽음well-dying을 꿈꾼다. 그래서 열심히 운동하고 몸에 좋은 것을 챙겨 먹으며 건강한 노후를 계획한다.

그러나 이삼일만 아프다 편안히 세상을 뜨는 것은 소수에게만 찾아오는 드문 죽음이며, 그런 점에서 전혀 자연스럽지 않은 죽음이다.

미국의 외과의사 아툴 가완디가 쓴《어떻게 죽을 것인

가》는 한국에서도 큰 화제가 되었던 책인데, 그걸 보면 많은 이들이 꿈꾸는 이런 자연사가 현실과 얼마나 다른지 알 수 있다. 현실이 어떤지는 책의 목차에 이미 드러난다.

1 독립적인 삶 ― 혼자 설 수 없는 순간이 찾아온다
2 무너짐 ― 모든 것은 결국 허물어지게 마련이다
3 의존 ― 삶에 대한 주도권을 잃어버리다
(…)

제목만 봐도 노화가 어떻게 진행되는지, 생애 마지막이 어떨지 짐작이 가지 않는가. 늙고 노쇠하여 떠날 시간이 다가오면, 사람은 중병을 앓지 않아도 '혼자 설 수 없고', 심신은 '허물어지며', 자신의 '삶에 대한 주도권을 잃어버리는' 것이 현실이다. 아툴 가완디가 책에서 노인병

학과 완화의료의 중요성을 강조하고 다양한 형태의 노인 요양시설을 취재해 보여주는 것도 이런 현실을 알기 때문이다.

외과의사이자 의학 분야의 세계적 베스트셀러 작가인 셔윈 눌랜드 역시《사람은 어떻게 죽음을 맞이하는가》라는 유명한 저작에서 비슷한 이야기를 한다. 그는 현대의 법적·의료적 체계에선 노령을 사인死因으로 인정하지 않고 그로 인한 질병을 사망원인으로 적시하지만, 실제 죽음에 이르는 가장 큰 이유는 노화라고 지적한다. 늙는다는 것 자체가 죽을 만큼 힘든 일이고, 결국 죽음의 한 요인이란 거다.

그는 97세에 돌아가신 자신의 할머니가 어떻게 죽어갔는지 자세히 묘사하면서 이렇게 말한다.

우리는 나이 많은 노인들을 통해 눈으로 직접 확인하면서도, 우리의 육체가 노쇠와 죽음을 향해 끊임없이 그리고 민감하게 나아가고 있다는 사실을 자신의 일로 현실감 있게 받아들이지 못하고 있다.[13]

대중매체는 백 살에도 집안일을 하고 마라톤을 하고 여행을 즐기는 건강한 노인들을 보여준다. 사람들은 그 모습을 보며 건강관리만 잘하면 자신도 그렇게 살 수 있으리라 기대한다. 하지만 셔윈 눌랜드는 젊고 건강하게 살려는 노력이 삶에 도움이 된다고 인정하면서도, 성장호르몬이니 유전자 치료법 등을 통해 젊음을 찾고 생명을 연장하려는 시도에 대해 "부질없는 짓"이라고 단언한다. 모든 생물체는 늙고 죽는 법이므로.

아무리 건강한 노인도 어느 순간에 이르면 타인에게

의지하고 도움을 받는 것이 현실이다. 이를 알고 인정하는 것은 매우 중요하다. 그래야만 홀로 설 수 없는 시기에 필요한 준비를 할 수 있을 뿐 아니라, 가족과 의료진, 사회가 어떻게 대처하고 어떤 도움을 주어야 하는지 고민할 수 있기 때문이다.

#19

우리는 모두 같은 궤도를 돌고 있다.
거기서 결코 벗어나지 않는다.

루크레티우스

자본주의에 반대해 시골에서 자급자족하며 생활한 스코트 니어링이란 경제학자가 있다. 백 살까지 독립적으로 자신의 삶을 영위하다가 스스로 곡기를 끊어 생을 마감했는데, 아내 헬렌 니어링이 그의 삶과 죽음을 그린《아름다운 삶 사랑 그리고 마무리》란 책이 아주 유명하다. 나온 지 20년이 넘었지만 아직도 많은 이들이 찾는 스테디셀러다.

사람들은 이 책을 읽으며 그런 아름다운 마지막을 꿈꾼다. 니어링처럼 올곧은 태도로 몸과 마음이 균형 잡힌 삶을 살면 그처럼 주체적으로 품위 있는 죽음을 맞을 수 있으리라 믿는다.

예전엔 나도 그리 믿었다. 하지만 지금은 니어링은 좀 특별한 경우라 생각한다. 스스로 생활할 수 있는 체력은 꾸준한 노력으로 어느 정도 갖춘다 해도, 니어링처럼 살다 가려면 사고를 당하거나 질병에 걸려선 안 되는데 그

건 의지만이 아니라 운이 따라야 하기 때문이다. 자칫 빙
판길에 미끄러지기만 해도 모든 노력은 수포로 돌아가고
병원에서 남의 처분을 기다리는 신세가 될 수 있으니까.

그뿐만이 아니다. 자신이 바라는 식으로 마무리하려면
건강과 의지는 물론, 자신의 뜻을 지지하고 적절한 도움
을 줄 수 있는 동반자와 공동체가 있어야 한다. 스코트 니
어링의 경우에도 만약 가족들이 곡기를 끊는 건 자살이라
며 억지로 입원시키고 영양 공급을 했다면 그렇게 조용하
고 아름다운 마무리는 불가능했을 것이다.

미국의 사회사상가 리 호이나키가 '죽음을 함께 맞이
하는 친구'amicus mortis 의 중요성을 강조하는《아미쿠스 모
르티스》라는 책을 쓴 것도 그래서다. 호이나키는 평생 독
립적이고 자족적인 생활을 해온 아버지가 병원에서 수동
적인 죽음을 맞는 걸 보고 충격을 받아서, 어떻게 하면 주

체적으로 죽을 수 있을까 고민한다. 그리고 '나 자신'으로 죽기 위해서는 자본과 테크놀로지 중심의 의료에서 벗어난 주체적 사고가 필요하며, 나아가 죽음을 함께 맞을 수 있는 우정이 아주 중요하다는 것을 깨닫는다.

맥락은 조금 다르지만 셔윈 눌랜드도 친구에 대해 이야기한다. 그는 외과 전문의였음에도 "마지막 순간에 대한 결정권을 전문의에게 맡기지 않을" 거라고 말한다. 대신 그가 강조하는 것은 '의학계의 친구'다. 친한 동료 의사와의 인맥을 말하는 게 아니라, 예전에 있었던 가정의家庭醫 제도를 부활시키자는 거다. "마지막 순간에는 낯선 이의 친절이 아니라 오랜 시간 관계를 지속해온", 그래서 "우리 자신의 가치와 살았던 시간들을 낱낱이 알고" 있는 의사만이 환자에게 필요한 정보를 줄 수 있다는 걸 잘 알기 때문이다.

정말이지 나도 그런 의학계의 친구가 있으면 좋겠다. 꼭 의사가 아니라도, 호이나키가 말한 대로 마지막 순간 곁을 지켜주고 내 뜻대로 마무리할 수 있도록 응원해주는 벗들이 있다면 그보다 좋을 순 없을 것 같다. 그래서 요즘도 인생의 벗을 사귀려고 부단히 노력한다.

하지만 나 혼자 애쓴다고 '아미쿠스 모르티스'를 가질 수 있는 건 아니다. 우정은 만남이고 만남은 관계이므로 한쪽의 의지만이 아니라 두 사람의 의지가 동시에 함께 작용해야 한다. 그뿐만 아니라 마지막 순간에 그 우정이 내 곁을 지켜주는 행운도 따라야 한다. 한마디로, 늙도록 팔팔하게 살다가 아름답게 마무리하려면, 굳센 의지와 노력에다 건강과 우정을 보장하는 행운까지 함께해야 하는 것이다.

이렇게 말하면 행운이라니 무슨 맥 빠지는 얘기냐, 그렇다면 노후를 준비하고 죽음 공부를 할 이유가 없지 않느냐 할지 모른다. 맞다.

아무리 준비하고 공부해도 사람의 힘으로 어쩔 수 없는 게 있다. 그래서 힘들고 막막한 것이 늙고 병들고 죽는 것이다. 물론 위험에 대비하고 안팎으로 늘 조심하면 사고를 당하거나 질병에 걸릴 확률이 낮아지지만 거기에도 운은 작용한다. 그럼 대체 왜 고민하고 공부하느냐고?

인생이란 그 운, 이른바 운명에 대한 도전이요, 인간의 역사는 운명의 영역을 의지의 영역으로 바꿔온 과정이니까. 인간은 그렇게 살아왔다. 운명이라고 해서 고민 끝이 아니다. 오히려 거기서부터 인간의 고민은 시작된다. 운명을 받아들일 것이냐 말 것이냐, 질문하는 존재가 인간이다. 인간은 운명에 순응하는 것조차 하나의 선택으로 만들어버리는 오만한 존재다.

인간의 역사를 보라. 태어남은 운명이지만 그 운명을 최대한 자신의 것으로, 납득할 수 있는 것으로 만들려는 노력이 역사를 만들어왔다. 그런 노력이 영아 사망률을 낮추고, 타고난 육체적·정신적 불평등과 출신의 불평등을 거부하고 환경의 불공정을 개선해왔다.

죽음도 마찬가지다. 죽음은 운명이다. 하지만 그 운명을 최대한 자기 뜻대로, 자신이 원하는 것으로 만들려는 노력이 우리의 죽음을 바꿔왔고 바꿀 것이다.

한데 그러려면 먼저, 내 힘으로 어쩔 수 없는 부분이 있음을 인정해야 한다. 운 좋은 사람, 대단히 의지가 굳은 사람, 특별한 건강을 타고난 사람을 모델 삼아 혼자 애쓰는 게 아니라, 대개의 사람들이 그렇듯 무너지고 의지하게 될 마지막을 염두에 두고 이 보통의 죽음을 어떻게 하면 최선의 죽음으로 만들지 고민해야 한다. 지난 수천 년 동안 인간이 더 나은 삶을 고민해왔듯, 더 나은 죽음을 고민해야 하는 것이다.

#20

환자를 돕고자 한다면 절대 설교하지 마라. 자신의
논리정연한 훈계를 위해 그의 약점을 이용하지 마라.
설령 우리의 설교가 지당한 말이라 해도 도움이
안 되고 때는 늦은 것이다.

로버트 버크만,《무슨 말을 하면 좋을까》

흔히들 암 같은 큰 병에 걸리면, 내가 무슨 죄를 지어서 이런 몹쓸 병에 걸렸는지 모르겠다고 탄식한다. 환자만이 아니라 주변 사람들도 그런다. 못된 사람이 병에 걸리면 벌을 받았다고 하고, 착한 사람이 아프면 너무 참고 살아서 병이 났다고 한다. 질병을 어떤 성격적인 문제나, 잘못된 행동에 대한 징벌로 생각하는 것이다.

그러나 과학 저널리스트 조지 존슨이 쓴《암 연대기》란 책을 보면, 고대인도 암에 걸렸고 공룡도 암을 앓았으며 동물도 식물도 암에 걸린다. 다이옥신 같은 화학물질이나 원자력발전소, 송전탑 같은 환경적 요인이 암을 유발하고, 음주, 흡연, 스트레스가 건강을 해치는 것은 사실이다. 하지만 그게 전부는 아니어서, 암을 비롯한 많은 질병의 원인이 무엇인지 현대의학도 아직 다 알지 못한다. 그런데도 몸이 아프단 이유로 환자의 성격이나 생활 습관을 탓

하고, 마치 잘못 살아서 병이라는 벌을 받은 것처럼 책망하는 것은 부당하다.

병은 징벌이 아니다. 태어나고 늙고 병들고 죽는 생로병사는 죄와 벌이 아니며 악도 아니다. 생명이 겪는 당연한 운명일 뿐이다.

의사이자 종양학자인 로버트 버크만은 자가면역 질환으로 죽음 직전까지 갔던 자신의 경험을 바탕으로, 호스피스 활동을 위한 일종의 안내서를 썼다.《무슨 말을 하면 좋을까》라는 책인데, 제목처럼 말기 환자와 소통하는 구체적인 대화법이 자세히 쓰여 있다. 꼭 호스피스 활동가가 아니라도 공감의 대화법을 배우고 싶은 사람이 읽으면 좋은 책이다.

버크만은 책에서 이렇게 말한다. 병에 걸리는 건 운이라고. 그러니까 환자에게 네가 잘못해서 병에 걸렸다고 설교하지 말라고. 그가 지적하듯, 그렇게 하면 말하는 사람은 속이 시원하겠지만 상황 개선에는 아무 도움도 안 된다.

잘잘못을 따지고 원망하는 것은 잠깐의 속풀이는 될지언정 죽어가는 이나 지켜보는 이 모두를 외롭게 하고 상처만 준다. 그보다는 죽음의 과정을 조금이라도 알고, 편안히 마지막을 맞을 수 있도록 돕는 게 중요하다. 언젠가 떠나야 할 때 우리 모두가 바라는 것 역시 그런 도움일 테니까.

\# 2 I

사람이 어떻게 죽는지는 남겨진 가족들의 기억 속에
계속 머물러 있다. 우리는 마지막 고통의 성질과 그
대처에 관해서 충분히 알아야 한다. 마지막 몇 시간에
일어난 일들이 남겨진 가족들에게 마음의 치유가
되기도 하고, 상실의 슬픔에서 회복하는 데 방해가
되기도 한다.

시슬리 손더스

많은 노인들이 자다가 죽었으면 좋겠다고 한다. 어느 날 문득 고통 없이 죽고 싶다는 것이다. 한데 당사자에겐 선물 같은 그 죽음이 사랑하는 사람들에겐 날벼락 같을 수도 있다. 어떤 조짐도 준비도 없이 사랑하는 이를 잃는 것처럼 괴로운 일이 있을까.

이 점에선 죽어가는 이에게 고단한 죽음이 살아남은 사람에겐 오히려 선물이 되기도 한다. 이별을 준비할 시간이 있으니 말이다. 다만 그것이 정말 선물이 되려면 마지막 시간에 대한 이해가 있어야 한다. 마지막에 이르는 시간은 물리적으로는 짧다 해도 심정적으로는 결코 짧지 않기에, 자칫하면 가는 이에게도 보내는 이에게도 견디기 쉽지 않은 시간이 되고 깊은 회한으로 남을 수 있다. 바로 내가 그랬던 것처럼.

아버지가 돌아가신 뒤 도서관에서 우연히 일본의 호스

피스 전문의 오츠 슈이치가 쓴《삶의 마지막에 마주치는
10가지 질문》이란 책을 봤다. 작고 얇은 책이라 서가에 선
채 가볍게 책장을 넘겼다.

수명이 몇 주일 정도 남았을 때다. 이 시기에 환자가
가장 힘들어하는 점은 걷지 못하는 일이다. 자기 힘
으로 이동할 수 없는 고통은 상당히 크다. 또 몸을 마
음대로 움직일 수 없다는 상실감에 정신적으로도 심
한 고통에 시달린다. 다가오는 죽음으로 인해 존재
가 위협당하면 누구나 근원적인 의문이 생긴다. '내
인생은 도대체 무엇이었나?' '왜 나는 죽지 않으면
안 되는가?' 그리고 이 의문에 답할 수 없는 고통에
시달리게 된다.'4

이걸 왜 이제야 보았을까! 죽음에 관한 여러 책을 읽었지만 막상 아버지께서 죽음을 향해 가실 때는 모든 게 낯설고 어찌해야 할지를 몰랐다. 아버지를 사랑함에도 불구하고 두려움과 당혹감에 당신을 외롭게 했다. 그랬기에 사람이 어떻게 죽음에 이르는지를 몇 주, 며칠, 몇 시간 단위로 설명한 책을 보자 반가운 한편 새삼스러운 회한에 가슴이 사무쳤다. 조금만 일찍 알았더라면….

그날부터 호스피스 관련서들, 임종의료 전문가들이 쓴 책을 찾아 읽었다. 늦었지만 더 늦지 않기 위해, 조금이라도 알아두고 싶었다.

현대인들은 뉴스로 영화로 책으로 매일 죽음을 접하지만 실제로 죽음을 경험하는 일은 드물다. 집에서 임종하고 장례를 치르던 예전과 달리 요즘은 병원에서 모든 것이 이루어지므로, 사람이 어떻게 죽음을 맞는지 가까이서 지켜보는 경우는 많지 않다.

한국의 병원에서 환자들이 어떻게 죽어가는지 생생히 기록해 큰 충격을 주었던《도시에서 죽는다는 것》이란 책이 있다. 간호학자 김형숙이 자신의 경험을 바탕으로 쓴 책인데, 그는 거의 19년간 중환자실 간호사로 일했지만 자신도 다른 의료진도 죽음에 무지했다고 고백한다. 외국의 의사들이 쓴 책을 봐도 하나같이, 사람이 늙어서 죽어가는 '진행 과정'에 대해 의사도 아는 게 별로 없다고 털어놓는다. 설마 싶어서 아는 의사에게 물으니, 호스피스 전문가가 아니면 의사들이라고 죽음에 더 정통하거나 익숙한 것은 아니란다. 의료인이 이런데 나 같은 사람이야 더 말할 것도 없다.

죽음이 닥치면 사람들은 당황한다. 머리로 알던, 아니 안다고 생각했던 죽음과 현실의 죽음이 너무 달라 충격을 받는 경우도 많다. 가령 영화나 드라마를 보면 죽어가는 사람이 숨을 거두기 직전 이런저런 유언을 한다. 잘못을 참회하기도 하고, 사랑하는 이들에게 못다 한 말을 남기기도 한다. 그걸 보고, 죽음은 아름다운 대화해의 순간이라고 생각했는데 알고 보니 착각이었다.

호스피스 전문가들에 따르면 이런 일은 거의 불가능하다. 현실의 죽음에서는 무엇보다 유언 자체가 힘들다. 임종에 즈음해선 말할 것도 없고, 수명이 몇 주일 남은 상태에서도 환자의 신체기능은 극도로 저하되고 성대가 가늘어져 말하기가 어렵기 때문이다.

어떤 질병인가에 따라, 또 환자의 나이나 평소 체력 등에 따라 다르긴 하지만, 죽음이 얼마 남지 않은 경우 대체로 섬망이나 혼수상태에 빠져 가족을 못 알아볼 만큼 인지력이 떨어진다. 흔히 생각하듯 임종의 자리에서 말짱한 정신으로 유언이나 대화를 하는 것은 아주 드문 경우다.

돌아가시기 너덧 달 전까지도 사무실에 나가실 만큼 정신력과 의지력이 강했던 우리 아버지도 그랬다. 종종 섬망 상태에 빠졌고 대화도 어려웠다. 그 모습이 너무나 슬프고 안타까웠지만, 평소 많은 이야길 나눠왔기에 당신의 뜻을 몰라 답답하거나 한이 되지는 않았다. 그것이 얼마나 다행스럽고 감사했는지.

그러니 평소에도 그렇고 마지막이 다가올 때도, 하고 싶은 일이나 남기고 싶은 말이 있으면 미루지 않는 게 좋다. 또한 죽어가는 이가 뭔가를 하려 할 때 주위 사람이, 힘드니까 나중에 하라는 식으로 말리면 안 된다. 삶이 그렇듯 죽음도 우리를 기다려주지 않는 법이다.

또 한 가지 크게 오해하는 것이 먹는 일이다. 완화의료 전문가들은 환자를 위한다는 명목으로 아무것도 못하게 하는 것도 문제지만, 반대로 먹지도 걷지도 못하는 사람에게 "좀 더 먹어라, 힘내라" 하는 것도 좋지 않다고 지적한다.

대개 죽음이 가까워지면 먹는 양이 줄고 몸도 잘 가누지 못한다. 간병하는 입장에선 환자가 너무 안 먹어서 더 기운이 없고 힘든 것이 아닌가 싶어, 조금이라도 더 먹어라, 먹고 기운을 내라고 하기 쉽다. 여러 말 대신 "밥 먹었니?" 하는 한마디로 애정과 걱정과 배려를 표현하는 문화에서 밥은 그저 밥이 아니기에 더욱 그렇다.

말기 암을 앓는 가족을 호스피스에 보내려다가 거기서 식사를 제대로 챙기지 않아 그만뒀다는 분을 봤다. 그 마음을 알기에, 환자에게는 먹는 것이 또 다른 고통이 될 수도 있다는 말을 차마 하지 못했다. 하지만 이때는 평소보다 훨씬 적은 양으로도 생존이 가능하며, 죽어가는 이가 먹는 걸 멀리하는 것은 그게 편해서라고 한다. 억지로 먹이거나 고칼로리 영양을 인공 공급하는 것이 오히려 환자를 괴롭힐 수 있단 얘기다.

특히 고령 환자에게 일반적으로 시행하는 인공영양에 대해 다시 생각해볼 필요가 있다. 치매나 말기 환자는 입으로 씹어 먹지 못하는 경우가 많다. 음식물이 잘못 넘어가 심각한 염증을 일으키기도 한다. 그래서 병원에서는 일찌감치 위루술을 처치하거나 고칼로리수액을 처방한다.

그러나 재택임종 의료를 펼치는 일본 의사 나가오 가즈히로는, 인공영양보다 입으로 먹는 것이 환자의 몸과 마음에 두루 좋은 영향을 끼치므로, 마지막 순간까지 먹고 싶은 것을 입으로 먹는 기쁨을 누리도록 도와주라고 권한다.

방점은 조금씩 다르지만 완화의료 전문가들이 강조하는 것은 한결같다. 환자의 바람과 뜻을 존중하고, 그 무엇보다 환자의 평안을 먼저 생각하란 거다.

　사랑하는 이가 먹지 않고 사위어가는 것을 지켜보기는 너무나 힘들다. 하지만 죽음을 향해 가는 이의 고통을 생각한다면, 구완하는 사람을 실망시키지 않으려 애쓰는 이의 절박한 배려를 헤아린다면, 지켜보는 고통은 견딜 만한 것이고 견뎌야 하는 것이다.

22

'멋진 죽음'이란 상대적인 기준에서 정해질 뿐, 진정한
의미는 죽음으로 인한 혼란의 정도를 줄여나가는
데 있다. 모든 것을 완벽하게 유지하면서 고통 없이
편안하게, 그리고 고립되지 않은 채 죽어갈 수는 없는
것이다.

셔윈 눌랜드, 《사람은 어떻게 죽음을 맞이하는가》

죽음에 이르는 과정은 당사자는 말할 것도 없고 지켜보는 이에게도 크나큰 고통이다. 얼마 전까지 함께 먹고 웃고 말하며 삶을 나누던 사람이 몸이 무너지고 마음이 굳어가는 것을, 그렇게 이 세상에서 저세상으로 옮겨가는 것을 무력하게 지켜보면서 그 또한 죽음을 겪는다. 자신을 이루는 몸과 마음의 기억들이 부정당하고, 아무것도 할 수 없다는 무력감이 엄습하고, 생애 가장 큰 일을 함께 겪으면서도 서로 소통하고 이야기하지 못하는 외로움에 절망한다. 죽어가는 사람을 지켜보며 그의 일부도 죽는다. 죽음이다.

사람들은 아름다운 죽음, 행복한 죽음, 웰다잉을 말하고 꿈꾼다. 하지만 생사의 현장에서 수많은 죽음을 지켜본 이들은 아름다운 죽음은 없다고 말한다. 셔윈 눌랜드는 "솔직히 아름다운 죽음을 별로 보지 못했다"고 고백한다. 오츠 슈이치 역시 아름다운 최후를 맞기는 쉽지 않다면서, 임종에 즈음해 가족들이 갈등을 겪는 일이 다반사니 너무 기대하거나 억울해하지 말라고 조언한다. 영화 같은 걸 보고 용서와 화해의 환상을 품었다가, 달라도 너무 다른 현실 앞에 실망을 넘어 분노하는 경우가 적지 않기 때문이다. 로버트 버크만은 사람들이 생각하듯 죽음을 앞두고 갑자기 개과천선하는 일은 매우 드물다며, 잔인할 정도로 분명하게 말한다.

"대부분의 사람은 자기가 살던 방식대로 죽는다는 점을 명심하라. 소인배는 소인배로 죽는다." 뜨끔하지 않은가.

아름다운 죽음은 없다니, 심란하다. 그러나 달콤한 환상보다 냉정한 진상을 아는 게 삶에는 도움이 되는 법. 실상을 정확히 알고 준비할수록 떠나는 이도 보내는 이도 절망과 갈등을 줄이고 담담하게 죽음을 맞을 수 있다.

신경외과 의사로 성공의 문턱에 선 36세에 암 진단을 받은 폴 칼라니티는, 얼마 남지 않은 생애 동안 자신의 삶과 죽음을 책으로 썼다. 결국 그는 책을 완성하지 못하고 세상을 떴지만, 사후에 나온 《숨결이 바람 될 때》라는 그의 책은 수많은 사람에게 깊은 감동과 영감을 주었다. 말기 암으로 고통 받는 와중에 책을 쓴다는 건 너무나 힘든 일이다. 하지만 그는 화학요법 때문에 손가락 끝이 갈라져 아플 때는 장갑을 끼고서라도 자판을 두드렸다. 왜 그랬을까? 칼라니티는 그 이유를 친구에게 이렇게 설명했다.

"독자들은 잠깐 내 입장이 돼보고 말할 거야. '그런 처지가 되면 이런 기분이구나…. 조만간 나도 저런 입장이 되겠지.' 내 목표는 그 정도라고 생각해. 죽음을 선정적으로 그리려는 것도 아니고, 할 수 있을 때 인생을 즐기라고 훈계하려는 것도 아니야. 그저 우리가 걸어가는 이 길 앞에 무엇이 있는지 보여주고 싶을 뿐이지."

　모자란 시간과 싸우면서 그가 끝까지 전하려고 한 것은, 가장 단순하지만 가장 중요한 진실, 바로 죽음의 실상이었다. 실상을 알아야 제대로 준비하고 여한 없이 떠날 수 있기 때문이다.

　오랫동안 호스피스에서 일하며 많은 죽음을 지켜본 이에 따르면, 우리나라 사람들 대부분이 사망 때까지 죽음을 부정하고 아주 고통스럽게 죽어간다고 한다. 죽음에 대해서 말하기를 꺼리는 우리 현실을 생각하면 당연한 결과인지 모른다.

　아름답게 죽음을 묘사한 픽션은 물론이요, 죽어가는 사람의 모습을 고스란히 담은 사진이나 다큐멘터리라 해도 죽음에 따르는 혼란과 갈등, 어둠과 고통을 다 드러내지는 못한다. 무엇을 상상하든 현실의 죽음은 상상 이상의 충격을 준다. 죽음을 생각하고 공부하는 것은 충격을 덜기 위해서가 아니다. 그건 불가능하다.

우리가 할 수 있는 일은 충격을 받고 무너지는 것이 당연하다는 것을, 죽음은 감당할 수 없는 사태라는 것을 아는 것이다. 이 앎은 자신을 견디고, 서로를 견디고, 묵묵히 슬픔을 받아들이게 한다. 삶의 모든 안간힘에서 벗어난 삶을 받아들이게 하는 앎이다. 우리가 살아서 얻을 수 있는 최선의 앎, 죽음이 주는 선물 같은 앎이다.

무엇이 좋은 죽음인가 ?

#23

지금은 559개의 (병원) 침상에서 사람들이 죽어간다.
마치 공장 같다. 이런 대량생산에서는 개개의
죽음이 훌륭하게 처리될 수가 없다. 자기만의 죽음을
가지려는 소원은 갈수록 보기 드물어진다. 좀 더
지나면 그런 죽음은 자기만의 삶만큼이나 드물어질
것이다.

라이너 마리아 릴케, 《말테의 수기》

《말테의 수기》는 라이너 마리아 릴케가 6년이나 걸려 쓴 소설인데, 출간된 지 백 년도 더 됐지만 내용과 형식 모두가 지금 봐도 새롭다. 특히 삶도 죽음도 기성품처럼 대량생산, 대량소비되고 있다는 통찰은 놀랍기만 하다.

병명만 다를 뿐 병원 침상에서 똑같은 모습으로 죽어가는 사람들을 보며, 릴케는 예전엔 "과일이 씨를 품고 있듯 자기 안에 죽음을 품고" 있었으나 이제는 "시설에서 마련한 죽음을 죽을 뿐"이라고 탄식한다. 그는 현대인은 고유성을 잃고 익명의 부품처럼 살다 죽으리란 걸 예감하고, "주여, 각자에게 고유한 죽음을 주소서!" 하고 기도했다. 그러나 실현된 것은 기도가 아니라 예감이었다. 죽음의 대량생산은 홀로코스트에서 극단적 형태로 표출되었다. 그리고 죽음의 공장화는 이후 전 세계 병원에서 일상이 되었다. 이제 우리는 병원에서 생의 마지막을 보낸다.

사람은 누구나 잘 살고 잘 죽고 싶어 한다. 잘 사는 게 뭔지에 대한 생각은 서로 달라서, 어떤 이들은 돈 많은 걸 잘 사는 것이라 생각하고 어떤 이들은 돈보다 가족, 사랑, 명예 등에 가치를 둔다. 하지만 추구하는 것은 달라도 남의 뜻에 휘둘리지 않고 자기가 바라는 대로 살고자 하는 마음은 똑같다.

죽음도 마찬가지다. 대개는 건강하게 오래 살다 편안히 죽는 걸 잘 죽는 것이라 여기지만, 누구는 일찍 가더라도 자신의 이상을 좇다 죽는 걸 더 낫게 여긴다. 그래서 신앙이나 이념을 위해 죽음을 불사하는 이들이 있는 것이다. 모습은 다르지만, 어느 쪽이든 자신의 뜻대로 자신의 죽음을 맞고 싶어 한다는 점에선 똑같다.

한마디로 남이 시키는 대로 살고 그렇게 죽기를 바라는 사람은 없다. 사람은 누구나 스스로 선택한 자유롭고 주체적인 삶을 살다가 그렇게 죽기를 바란다.

그러나 릴케가 말했듯, 현대사회에서 그것은 점점 불가능해지고 있다. 우리는 익명의 평준화된 대중으로 살다가 어느 순간 병원에서 환자가 되어 죽어간다. 그 사정은 너나없이 비슷해서, 나의 고유성—나만의 사정, 개성, 취향, 소망 등—은 사라지고 환자라는 보편성만 남는다.

의료진의 사정도 다르지 않다. 시스템이 작동하고 매뉴얼에 따른 행동 규칙이 요구되는 순간, 의사나 간호사의 개인적인 고민과 판단은 힘을 잃는다. 환자도 의료진도 시스템의 일부가 되어 움직이고, 삶과 죽음은 개성을 잃고 획일화된다.

그 결과 가는 이도 남는 이도 괴로움을 겪는다. 앞서 소개했던《도시에서 죽는다는 것》이란 책에는, 혼자 두 아이를 키우던 아버지가 자기 뜻과 상관없이 이루어진 기도삽관 때문에 유언도 못한 채 죽은 사연이 나온다. 저자는 그때 매뉴얼에 따라 행동했던 자신의 무지와 방관을 자책한다. 간호사인 자신이 다르게 행동했다면 그런 황망한 마지막은 막을 수 있지 않았을까, 긴 세월이 흐른 뒤에도 그는 회한을 떨치지 못한다. 죽음의 소외가 낳은 비극이다.

아무도 이렇게 죽고 싶지는 않을 것이다. 그런데도 수많은 사람이 여전히 그렇게 죽어간다. 특히 한국은 75퍼센트가 넘는 사람이 병원에서 임종한다.[*] 네덜란드(29%)나 미국(43%) 등에 비해 훨씬 높은 수치다. 병원에 있으면 통증이라도 줄여줄 것 같은데 그것도 아니다. 우리나라는 마약성 진통제 사용에 매우 보수적이어서, 말기 환자들은 죽음보다 무서운 통증에 시달리다 스스로 목숨을 끊기까

[*] 병원 사망을 원하는 사람은 16% 정도에 불과했지만, 전체 사망자 중 의료기관 임종률은 1999년 32%에서 2018년 76.2%로 계속 높아졌고, 가정 내 사망은 57.8%에서 14.3%로 줄었다. 특히 노인의 경우는 81% 이상이 병원에서 생을 마감한다.(2018년 통계청)

지 한다.* 왜 이런 일이 벌어질까?

일찍부터 '좋은 죽음'을 고민한 그리스·로마 문화와 달리 우리말엔 호상, 즉 좋은 상사喪事라는 말은 있어도 호사好死, 좋은 죽음이란 말은 없다. 큰 병치레 없이 편안하게 오래 살다 죽는 걸 호상이라 하므로 그 속에 좋은 죽음의 내용이 담겨 있긴 하다. 하지만 호상은 제삼자가 남의 죽음을 두고 하는 말로, 가는 이의 입장에서 좋다는 게 아니라 죽음을 지켜보는 입장에서 괴로움이 좀 덜해 좋다는 뜻이다. 아마 죽음은 알 수 없는 것이라며, 죽음보다 죽음을 대하는 예의와 의식을 중시했던 유학의 영향인지도 모른다.

그러나 의학의 발전으로 전통적인 자연사가 드물어진

* 통증정책연구그룹Pain & Policy Studies Group이 발표한 2017년 국가별 마약성 진통제 소비량 통계에 따르면, 1인당 소비량이 연간 55mg으로, 경제협력기구OECD 평균 258mg이나 미국 678mg과 비교가 안 되는 수준이다.(《서울신문》 2019. 3. 10)

오늘날, 죽음에 대한 고민을 피할 수는 없다. 의술의 발달로 뇌사와 같은 새로운 형태의 죽음이 등장하고, 죽음과 진배없는 상태로 몇 년씩 생을 이어가는 일이 늘어나면서, 산다는 건 뭐고 죽는다는 건 뭔지, 어떻게 살고 어떻게 죽을 것인지는 관념론이 아니라 현실적인 문제가 되었다.

만약 나나 가족이 생사의 기로에 서게 돼 병원에 간다면 계속해서 결정을 내려야 한다. 이런저런 의료적 처치를 할지 말지, 연명의료와 완화의료 중 무엇을 할지, 사전연명의료의향서를 쓸 것인지, 사후 장기 기증은 어떡할지 등등 판단할 일이 한두 가지가 아니다.

의사에게 맡기면 된다고? 셔윈 눌랜드는 의사는 신이 아니므로 잘 죽고 싶으면 환자 스스로 현실을 잘 알고 판단해야 한다고 했다. 내 일을 남에게 맡기고 잘되기를 바라는 건 욕심이거나 망상이다. 일본의 임종기 의료 전문가 나가오 가즈히로는, 사람들이 맛집은 열심히 찾아다니면서 정작 자신의 마지막에 대해선 무작정 의사에게 맡겨버린다고 꼬집었다. 정말 그렇다. 죽음을 위해 한 끼 식사만큼의 노력도 안 하다니 한심하지 않은가? 그런 무관심과 무지야말로 평온한 죽음을 방해하는 첫째 요인이다.

만약 공자가 지금 살았다면 죽음 공부부터 했을 것 같다. 죽음이 바로 삶을 결정하는 삶의 문제이므로, 좋은 삶을 탐구했듯 좋은 죽음을 물었을 것이다. 왜 우리는 삶의 마지막 순간에조차 자신이 원하지 않는 죽음을 받아들일까? 가족과 사회를 지키면서 나로 살고 나로 죽을 방법은 없는 걸까? 좋은 죽음은 불가능한 꿈일까? 도대체 좋은 죽음이란 무엇일까?… 계속 질문했으리라.

#24

적절한 시기에 죽음을 택하는 것은 인간의 본질적
권리다.

세네카

좋은 죽음, 편안한 죽음을 뜻하는 '안락사'*euthanasia(eu=good, thanatos=death)란 말은 그리스어에서 유래한다. 고대 그리스·로마에서는 치명적인 병으로 고통을 겪거나 사회적으로 불명예스러운 상황에 처했을 때, 스스로 목숨을 끊거나 의사의 도움을 받아 죽는 것을 당연시했다.

서기전 4세기 무렵 만들어져 오늘날에도 전 세계 의료인들의 윤리지침이 되고 있는 〈히포크라테스 선서〉에는 "나는 누구에게도 죽음으로 이어질 수 있는 약물을 제공하지 않을 것"이라는 조항이 있다. 안락사를 거부하는 내용이지만, 뒤집어 생각하면 이런 서약을 해야 할 만큼 당시 안락사가 성행했다는 증거이기도 하다.

* 고대부터 사용한 용어로, 최근에는 치명적 질병을 앓는 환자의 고통을 끝내기 위해 인위적으로 생명을 중지시키는 것을 가리킨다. 식물인간이나 말기 환자에게 약물 등을 주입해 직접 생명을 단축시키는 '적극적 안락사'와, 회생 가능성이 없는 환자의 생명 유지에 필요한 생명연장장치나 영양 공급, 약물 투여를 중단해 죽음을 앞당기는 '소극적 안락사'로 나뉜다.

이를 뒷받침하는 것이 《히포크라테스 전집》에 실린 〈의술에 관하여〉라는 글이다. 여기 보면 "의학은 환자의 **고통을 치료**하고(강조는 인용자) 증상을 완화"하는 것이며, "병이 너무 위중하여 의학이 도울 수 없는 환자에 대해선 치료를 거부할 것"이라고 쓰여 있다. 히포크라테스 학파는 "환자를 돕되 해를 끼치지 말라"는 목표 아래 의술을 펼쳤다고 한다. 의학이 질병을 다 치료하지 못한다는 한계를 인정하고 고통 완화에 방점을 두었던 것인데, 그 바탕엔 육체적 고통이든 정신적 이유든 인간답게 살 수 없는 상황이라면 죽음을 택할 수 있다는 시대정신이 있었다.

하지만 기독교가 지배하는 중세에 들어서면서 인식의 대전환이 일어난다. 기독교는 죽음을 선택할 권리를 부정했고, 고통은 죄의 대가이니 감수해야 한다고 보았다. 기독교만이 아니라 이슬람교, 불교, 힌두교 등 다른 종교도 마찬가지다. 종교에선 신앙을 위해 순교하거나 죽음을 불사한 수행은 높이 평가하지만 자살이나 안락사는 부정하며, 고통은 신앙의 시험대와도 같아서 참고 견뎌야 하는 것이었다.

그러나 죽을 때까지 고통을 감수하고 안락사는 금해야 한다는 시각은 근대에 오면서 조금씩 변하기 시작한다. 토마스 모어는《유토피아》(1515)에서, 불치병으로 고통 받는 환자에게 안락사를 허용하는 유토피아를 그렸다. 17세기 초 철학자 프랜시스 베이컨은 의사는 환자의 고통을 덜기 위해 노력해야 한다면서, 근대에 들어 처음으로 안락사라는 말을 사용했다. 명시적으로 안락사를 찬성하거나 죽을 권리를 주장한 건 아니지만, 전 시대와 달리 적극적인 고통 완화를 요구하기 시작한 것이다.

그 뒤 과학·기술이 본격적으로 발달하면서, 죽음과 죽

음의 고통을 피할 수 없는 자연적 과정으로 받아들였던 전통적인 시각에 균열이 생겼다. 죽을 권리를 달라는 목소리들이 커진 것이다. 그런데 19세기 후반 강자생존을 주장하는 우생학이 득세하면서 죽을 권리는 죽일 권리로 변질되어, 안락사는 사회적 타자, 병들고 소외된 이들을 향한 잔인한 도구로 변하고 만다. 대표적인 예가 '살 만한 가치가 없는 사람'은 죽어도 좋다며 대량학살을 자행한 나치즘이다. 이로 인해 안락사 옹호론은 큰 타격을 입었다. 중세에 신의 이름으로 금지되었던 안락사가 현대에는 인권의 이름으로 금기시되기에 이른다.

그러나 1950년대 이후 의료기술의 비약적 발전으로 죽음이 길고 인위적인 과정이 되면서, 환자의 수명을 억지로 연장하는 '죽음의 의료화'에 대한 의구심이 커졌다. 더불어 좋은 죽음을 모색하는 움직임이 활발해지면서 죽음학thanatology[*]이 등장하고, 의료 현장에서는 호스피스·완화의료가, 사회적으론 안락사 합법화가 추진되었다.

안락사의 역사에서 결정적 전기는 1975년 미국의 카렌 앤 퀴란 사건이다. 스물한 살의 카렌이 갑작스러운 뇌 손상으로 의식을 잃고 인공호흡기에 의존하는 상태가 되자, 부모는 딸이 편안히 죽을 수 있도록 인공호흡기를 제거해달라고 요청했다. 하지만 병원은 거부했고, 치열한 법적 공방 끝에 법원은 호흡기 제거를 허용했다. (카렌은 호흡기를 뗀 뒤에도 자가호흡으로 9년을 더 살다 세상을 떴다.)

---

* 죽음학이란 말을 처음 사용한 것은 1903년 러시아 의학자 일리야 메치니코프다. 1963년 미국 미네소타대학교에서 최초로 죽음학 정규과정을 개설했고, 1969년 엘리자베스 퀴블러 로스가 《죽음과 죽어감》을 발표하면서 독자적인 학문 분야로 발전했다. 한국에서는 1991년에 처음으로 일반인들의 자발적 연구 모임인 '삶과 죽음을 생각하는 회'가 만들어졌다. 이후 1997년 한림대학교가 죽음준비교육을 시작해 2004년 생사학연구소를 설립했으며, 2005년에는 각 분야 전문가들이 모여 한국죽음학회를 창설했다.

이 사건을 계기로 전 세계에서 안락사가 본격적으로 논의되었고 각국에서 법제화가 추진되었다. 프랑스, 대만, 호주 등 여러 나라가 환자의 '사전 의사'living will (생전유언)에 따라 연명의료 중단을 허용하는 자연사법 혹은 존엄사법을 제정했다. 또 벨기에, 네덜란드, 오리건주를 비롯한 미국의 여러 주는 여기서 더 나아가 의사의 힘을 빌린 조력사*와 안락사를 허용했다. 한편으론 스위스처럼 비영리 단체에서 일정한 비용을 받고 원하는 이들에게 조력사를 시행하는 경우도 생겼다.

한국은 다른 나라에 비해 죽음에 관한 연구도 적고 존엄사** 논의도 늦은 편이다. 일찍부터 안락사를 폭넓게 인

---

* 의식이 있는 환자의 뜻에 따라 죽음을 돕는 것으로, '의사醫師 조력 자살'이라고도 한다. 최근에는 자살이란 말에 윤리적인 비난이 함축돼 있다 해서 가치중립적인 '조력사' 또는 '자의임종'이란 표현을 권장한다. 안락사가 시행되는 네덜란드에선 이런 죽음을 자살self-murder과 구분해, 자의죽음self-deathing이라 한다.

정한 네덜란드나 청소년 안락사까지 허용하는 벨기에는 말할 것도 없고, 가까운 대만이 2000년 자연사법을 제정해 말기 환자의 연명의료 중단을 입법한 것에 비해서도 한참 늦다.

대만은 아시아에서 가장 죽음의 질이 높은 나라다. 1996년 가정 호스피스에 건강보험을 적용한 것을 시작으로 호스피스·완화의료 서비스를 폭넓게 제공하고, 초·중등학교에서 죽음교육을 하는 등 죽음에 관한 다양한 홍보와 교육을 실시한 덕분이다. 대만에서 일찍부터 대체복무를 허용하고 동성애자 장관이 입각한 걸 보면, 죽음에 대

**   회복 불가능한 환자가 생명 연장을 위한 연명의료를 중단하고 존엄하게 죽음을 맞을 권리를 표현하는 말. 1997년 제정된 미국 오리건주의 존엄사법Death with Dignity Act에서 유래한다. 오리건주 법에 의사 조력사가 포함되어 있다는 이유로, 종교계 일각에선 존엄사란 말을 쓰면 안 된다고 주장하기도 한다. 일반적으로는 소극적 안락사와 무의미한 연명의료 중단을 모두 포괄해 존엄사라고 한다.

한 열린 시선은 삶에 대한 관용적인 태도로 이어지는 것 같다.

이웃한 일본의 경우는 아직까지 존엄사법이 없다. 하지만 1960년대부터 이미 알폰스 데켄의 주도로 죽음학(일본에선 '사생학死生學'이라 한다)이 발전했고, 이를 바탕으로 무의미한 연명의료의 중단은 물론 소극적 안락사까지 암묵적으로 허용하고 있다. 최근엔 응급 상황에서 말기 환자나 고령자가 원하면 병원 이송이나 구명 조치를 하지 말자는 논의도 이루어지고 있다. 성문법 규정은 없어도 일찍부터 존엄사를 인정하는 불문율이 있었고 이를 가능케하는 사회적 논의가 이루어진 셈이다.

한국은 1997년 보라매병원 사건*으로 안락사 논의가 시작되어 2008년 세브란스병원 사건** 이후 본격화되었다. 그 결과 2016년 1월 '호스피스·완화의료 및 임종과정

에 있는 환자의 연명의료결정에 관한 법률'(연명의료결정법)
을 제정해 임종기 환자의 연명의료 중단을 허용했다. 환
자의 결정권을 인정하고 임종의 질을 높이려는 제도적 노
력이 시작된 것이다.

*　1997년 12월 보라매병원에서 뇌수술을 받고 인공호흡기로
연명하던 환자의 보호자가 퇴원을 요구했다. 의사는 사망 가능성을
알렸으나 결국 보호자의 요구로 퇴원시켰고, 환자는 집에 도착해
인공호흡기를 제거한 뒤 바로 사망했다. 법원은 보호자는 살인죄,
의료진은 살인방조죄로 처벌했다. 이 사건은 소생 가능성이 없는
환자에 대한 연명의료를 일반화하고, 존엄사 논의에도 부정적인
영향을 미쳤다.
**　일명 '김 할머니 사건'이라 한다. 이후 한국에서 존엄사
논쟁이 본격적으로 전개되었다. 김 할머니는 2008년 2월
세브란스병원에서 조직검사를 받다가 과다출혈로 식물인간
상태가 되었다. 자식들은 평소 어머니의 뜻에 따라 인공호흡기 등
연명의료의 중단을 요구했고, 2009년 5월 대법원에서 승소했다.
처음으로 무의미한 연명의료 중단을 허용한 이 판결로 존엄사를
인정하자는 논의가 활발해졌고, 이는 연명의료결정법 제정으로
이어졌다. 김 할머니는 인공호흡기 제거 뒤에도 튜브로 영양
공급을 받으며 자가호흡으로 201일을 더 살고 사망했다.

#25

의사의 의무는 죽음을 늦추거나 환자에게 예전의
삶을 돌려주는 것이 아니라, 삶이 무너져버린 환자와
그 가족을 가슴에 품고 그들이 다시 일어나 자신들이
처한 실존적 상황을 마주보고 이해할 수 있을 때까지
돕는 것이다.

폴 칼라니티, 《숨결이 바람 될 때》

지난 2016년 12월, 시위 중 물대포를 맞고 의식불명이 되었다 사망한 백남기 농민의 사망진단서를 둘러싸고 논란이 일었다. 사인을 외인사外因死가 아닌 병사라 한 것이 문제였는데, 주치의는 "유가족이 연명치료에 동의하지 않았고" 그래서 "최선의 치료를 받지 못해 사망했기에 병사로 기록했다"고 밝혔다.

당시 나는 연명의료를 '최선의 치료'라고 하는 걸 보고 깜짝 놀랐다. 연명의료 중단을 허용하는 법이 통과된 지 일 년이 다 돼가는 데다, 무려 94퍼센트의 암 전문의가 죽음이 임박한 환자의 연명의료를 중단하는 데 동의한 마당에 의사가 그런 얘길 하는 게 놀라웠다. 언론이 그 점을 지적하지 않는 것도 의아했다. 심지어 고인의 평소 뜻에 따라 연명의료 중단을 요청한 유가족에게 죽음의 책임을 지우는 데는 분노가 치밀었다.

연명의료란 생명 연장을 최우선으로 한다. 그러니까 병을 치료하는 것이 아니라 목숨을 연장하는 의료 행위다. 회생 불가능한 환자에게 연명의료를 한다고 해서 치료 효과가 있는 건 아니기에 몇 해 전부터는 오해의 소지가 있는 연명'치료'란 말 대신 연명'의료'라고 한다. 존엄사, 즉 인간답게 죽을 권리가 사회적 의제로 떠오른 것도 따지고 보면 이 연명의료 때문이라 할 수 있다.

한때 연명의료는 선택이 아닌 필수였다. 1퍼센트의 가능성만 있어도 살려야 한다며 당연시했다. 의학 드라마를 보면 꼭 나오는 장면이 있다. 심장이 멎은 환자에게 전기 충격을 가하고 땀을 뻘뻘 흘리며 심장마사지를 하는 것인데, 인술을 실천하는 선한 의사를 표현하는 단골 메뉴다. 하지만 그 실상을 알면 모골이 송연해진다.

독일의 응급의료 전문의 미하엘 데 리더는《우리는 어

떻게 죽고 싶은가》라는 책에서, 임종 직전의 여든여섯 살 노인에게 연명의료를 실시하는 모습을 적나라하게 묘사한다. 의료진은 노인의 코에 호흡기를 꽂고, 정맥 카테터와 도뇨관을 삽입하고, 손목 동맥에 관을 연결하고, 대퇴동맥에서 피를 뽑고, 갈비뼈가 부러지고 살이 탈 때까지 심폐소생술을 실시한다. 소생할 가능성이 없는데 이렇게까지 해야 하냐며 망설이는 수련의에게, 담당의사는 소생 여부는 모니터 수치로 판단할 문제라며 계속하라고 다그친다.

미하엘 데 리더는 그 모습을 보면서, "아무 생각 없이 개구리를 죽도록 괴롭히는 아이들"을 떠올린다. 그리고 "실낱 같은 가능성이란 미명 아래" 행해지는 이런 행위는 인술이 아니라 의료인의 본분을 저버린 것이며, 엄청난 불행을 안겨줄 뿐이라고 비판한다.

몇 해 전 뉴질랜드의 한 노인이 가슴에는 "연명을 거부한다"는 문신을, 어깨 뒤에는 "뒤집어보라"라는 문신을 새겼다는 뉴스를 본 적이 있다. 혹시 정신을 잃고 쓰러졌다가 심폐소생술이나 기도삽관 같은 원치 않는 연명의료를 받게 될까 봐 몸 앞뒤에 문신을 했다는데, 처음 뉴스를 접했을 때는 유난스럽다고 생각했지만 연명의료의 실상을 알수록 이해가 되었다.

중환자실 간호사였던 김형숙은 자신이 직접 중환자로서 겪었던 경험과 일하면서 목격한 사례들을 근거로, 의식이 없거나 표현을 못한다고 해서 아픔을 못 느끼는 것은 아니며, 예사로 행해지는 많은 처치가 환자에게 극도의 불안과 고통을 준다고 전한다.

대표적인 예가 기도삽관의 고통을 견디지 못해 환자가 관을 잡아 빼거나 입 속의 관을 깨무는 것이다. 이를 막으려고 의료진은 환자의 두 손을 묶고, 또 다른 굵은 인공기도를 삽입하고, 근육이완제와 수면제를 투입해 잠재운다고 한다. 그러니 공포에 질린 환자들이 '중환자실 정신증'을 일으키고 '스트레스성 심근병증'에 걸리는 것도 당연하다. 활자로 읽는 것도 겁나는데 직접 겪는 고통이 오죽할까.

많은 사람들이 회생 불가능한 상태가 되면 치료에 매달리기보다 평온하게 삶을 마무리하고 싶다고 말한다. 그러면서도 막상 가까운 이에게 이런 일이 일어나면 연명의료 중단을 망설인다. 가장 큰 이유는 연명의료가 유일한 치료이고, 이를 중단하는 건 모든 치료를 그만두고 환자를 포기하는 것이라 생각하기 때문이다.

'먼 친척 증후군'이란 말이 있다. 평소 격조했던 가족이나 친척이 갑자기 나타나 다른 가족들의 결정을 비난하며 연명 조치를 요구하는 것인데, 미국에선 '캘리포니아에서 온 딸 증후군'Daughter from California Syndrome이라 한단다. 표현은 다르지만 모두 연명의료를 둘러싼 가족 간의 갈등과 고민을 반영하는 말이다.

눈앞의 죽음을 부정하고픈 마음, 막연한 기대, 미안함과 죄책감 속에서 가족은 과잉진료를 결정하고, 환자는 각종 의료기기에 둘러싸여 말 한마디 못한 채 떠난다. 고통의 시간이 지나고 환자가 영면하면 남은 이들은 그래도 최선을 다했다고 자위한다. 하지만 앞서와 같은 실상을 알아도 그럴 수 있을까? 몰라서 그랬다는 핑계를 대기에 현실은 너무 가혹하다. 더 늦기 전에 죽음을 공부해야 하는 이유다.

그나마 다행인 것은 이런 상황에서도 환자의 고통을 덜어주기 위해 애쓰는 의료인들이 있다는 사실이다. 의대생 죽음교육에 앞장서온 암 전문의 이정신은 말기 환자에게 인공호흡기도 심폐소생술도 하지 않는다고 한다. 그는 "마지막 순간을 중환자실에서 지내게 하는 것은 끝없이 고통을 주게 되기에 일종의 가혹행위이며 의사의 월권행위가 될 수 있다"고 말한다. (부디 이런 의사들이 많아지기를!) 이런 이들이 있어, 질병 정복과 생명 연장을 최우선으로 하던 의료가 환자의 권리와 존엄을 중시하는 의료로 조금씩 변하고 있다. '호스피스·완화의료'가 확대되는 것은 그 반영이다.

26

우리는 불안과 두려움, 그리고 희망이 공존하는 생의
마지막 단계에 대해 좀 더 배울 수 있도록 환자에게
우리의 스승이 되어줄 것을 부탁했다.

엘리자베스 퀴블러 로스, 《죽음과 죽어감》

환자 중심의 의학에 물꼬를 튼 것은 1960년대 시슬리 손더스와 엘리자베스 퀴블러 로스라는 두 여성 의사다. 알다시피 1960년대는 민권운동의 시대다. 전 세계적으로 차별과 억압에 반대해 인권을 주장하는 흑인 민권운동, 여성운동, 반독재, 비동맹 등 다양한 민중운동이 일어났던 시기다. 바로 그때 영국에선 시슬리 손더스가, 미국에선 엘리자베스 퀴블러 로스가 죽어가는 환자의 안녕과 권리를 보호하는 의학을 주장하고 나선 것인데, 과연 이게 우연일까? 자유롭고 주체적인 삶은 결국 자유롭고 주체적인 죽음과 떼려야 뗄 수 없다는 것, 그 둘 다 인간다운 삶을 위한 필수조건이란 것을 보여주는 증거가 아닌가 싶다.

현대적 의미의 호스피스는 영국의 간호사이자 의사인 시슬리 손더스에 의해 시작되었다. 물론 과거에도 수도원과 교회를 중심으로 환자를 간호하는 호스피스 활동은 있었다. 한국 최초의 호스피스로 유명한 갈바리 의원만 해도 1965년에 이미 활동을 시작했다. 하지만 한국에선 호스피스가 의료 시스템의 일부가 되지 못하고 종교단체의 활동으로 국한된 데 반해, 영국에선 호스피스를 의료 현장에 도입해 완화의학을 발전시켰다. 호스피스를 의료 시스템의 한 축으로 정착시킨 시슬리 손더스의 적극적인 노력이 있었기 때문이다.

젊은 시절 간호사였던 손더스는 암 환자인 데이비드 타스마와 사랑에 빠졌고, 그의 마지막을 지켜보며 호스피스의 필요성을 절감했다고 한다. 타스마가 그녀의 꿈을 위해 500파운드의 유산을 남기고 세상을 뜨자 손더스는 마흔에 의사 공부를 시작했고, 빈민병원 등에서 일하며 통증 완화의 길을 찾았다. 그리고 유산을 거름 삼아 1967

년 세계 최초의 호스피스 전문병원 세인트 크리스토퍼 호스피스를 설립해, '총체적 고통'이란 개념 아래 환자의 육체적·정신적·사회적·영적 고통을 아우르는 호스피스를 펼치기 시작했다.

비슷한 시기 스위스 출신의 미국 의사 엘리자베스 퀴블러 로스는 말기 환자 500여 명을 인터뷰하여 1969년 《죽음과 죽어감》이란 책을 펴냈다. 퀴블러 로스는 세쌍둥이의 맏이이자 900g의 미숙아로 태어나, 어려서부터 자신의 정체성과 삶의 의미에 대해 남다른 관심을 가졌다고 한다. 아버지의 반대를 무릅쓰고 의학 공부를 시작한 그는 제2차 세계대전이 끝난 직후 폴란드에서 봉사활동을 하다가, 나치 수용소에서 포로들이 남긴 나비 그림을 보았다. 죽음을 앞둔 사람들이 손톱으로 새긴 나비 그림은 그에게 깊은 인상을 남겼고, 이후 죽음은 그의 평생 화두가 되었다.

미국으로 건너가 정신과 의사가 된 그는 환자 중심의 대화치료를 선도하는 한편, 말기 환자들과 함께 '죽음과 죽어감' 세미나를 진행하면서 의학에 새로운 장을 열었다.

《죽음과 죽어감》은 그의 첫 책이자 죽음학의 시작을 알린 고전이다. 그는 이 책에서 죽어가는 사람이 심리적으로 어떤 변화를 겪는지, 죽음 앞에서 어떤 적응기제를 사용하며 그에게 정말 필요한 도움은 무엇인지, 실제 사례를 통해 상세히 밝혔다. 그는 죽음은 신체의 정지가 아니라 애벌레가 나비로 변하는 것과 같은 영육의 변화라고 보았고, 의학은 이 변화가 긍정적으로 이루어지도록 도와야 한다고 주장했다.

죽음학의 선구자로 꼽히는 엘리자베스 퀴블러 로스와 완화의학의 어머니로 불리는 시슬리 손더스. 환자 중심의 의학을 선도하고 죽음의 역사를 바꾼 두 사람이 없었다면 우리의 마지막 침상은 오래 차가웠으리라. 두 분, 고마워 요!

\# 2 7

죽음의 실체는 우리를 파괴하지만, 죽음에 대한
생각은 우리를 구원한다.

마르틴 하이데거, 《존재와 시간》

생명 연장을 최우선으로 한 연명의료와 달리, 중환자와 그 가족의 삶의 질을 중시하는 완화의료는 긴밀한 의사소통을 통해 통증과 증상을 완화하는 데 중점을 둔다. 따라서 여기엔 육체적 통증만이 아니라 정서적 고통을 덜어주기 위한 서비스도 포함된다.

이는 호스피스도 마찬가지다. 다만 호스피스는 말기 환자의 삶의 질과 함께 임종의 질까지 배려한다는 점이 다르다. 호스피스는 여명이 길지 않은 환자들을 보살피는 임종기 의료 서비스이고, 완화의료는 호스피스뿐만 아니라 항암치료와 같은 생명 연장 의료를 포괄한다는 점에서 차이가 있다.

예전과 달리 요즘은 호스피스를 찬성하는 목소리가 높다. 하지만 호스피스 제도화를 위해 애써온 암 전문의 허대석은 아직도 갈 길이 멀다고 지적한다.

호스피스가 이루어지려면 '무의미한 의료'의 중단이 전제되어야 한다. 연명의료를 계속하면서 호스피스 진료를 함께 한다는 것 자체가 모순인데, 우리 사회는 연명의료를 중단하는 것에 대해 과민반응에 가까울 정도로 거부감을 나타내고 있다.[5]

왜 그럴까? 연명의료를 계속하는 데는 여러 이유가 있지만, 죽음을 기피하는 문화와 더불어 의사 중심의 권위주의적 의료 문화도 한몫한다고 볼 수 있다.

호스피스·완화의료에서 가장 중요한 것은 환자를 하나의 인격체로 생각하는 것이다. 환자는 자신의 아픔을 치유해주기를 기대하는 만큼이나 자신을 환자가 아닌 한 인간으로 대해주기를 원한다. 바로 이 점을 이해하고 환자의 '질병'이 아니라 아픈 '사람'에게 초점을 맞춘 것이 완화의학이다.

완화의학이 잘 이루어지려면 의료진, 간병인, 사회복지사, 성직자, 자원봉사자 등이 함께 협력해서, 환자 치료와 간호는 물론 그 가족에 대한 정서적 보살핌까지 제공해야 한다. 질병은 육체만이 아니라 정신적·정서적 고통을 야기하고 사회적 관계마저 위태롭게 하기 때문이다.

우리 사회에서도 연명의료결정법이 시행되면서 환자의 자기결정권과 완화의학에 대한 관심이 커지고 있다. 다행이다. 하지만 우려스러운 면도 있다. 호스피스와 완화의료를 엄격히 구분하고, 이를 위해 말기와 임종기*를 나누는 식으로 개념의 엄밀성을 다투는 것이 한 예다. '연명

---

* 현재의 법은 '회복 불가능하여 죽음이 예견되는 경우'는 말기, '사망이 임박한 상태'는 임종기로 구분해, 호스피스는 말기에, 연명의료 결정은 임종기에만 가능하게 했다. 그러나 의료인들은 말기와 임종기를 구분하기가 현실적으로 어렵다고 토로한다. 실제로 다른 나라에서는 임종기를 따로 구분하지 않고, 말기에 연명의료를 중단할 수 있다.

의료결정법'이란 이름부터가 그렇다. 같은 취지의 법이 외국에선 자연사법, 존엄사법, 인생의 마지막에 대한 법(프랑스), 자기결정권법(미국) 등으로 불리는 것과 비교해보면 얼마나 어렵고 의료 중심적인지 알 수 있다.

중요한 것은 법 규정이 아니라 환자의 이익이고, 죽어가는 이의 인권이다. 연명의료결정법이 환자의 편에 서려는 의료진과 가족, 봉사자들을 통제하는 수단이 된다면, 이는 법을 만든 취지에 어긋나며 그런 법은 없는 편이 낫다. 법이 오히려 환자를 배려하는 의료인을 제약하는 족쇄가 되기 때문이다.

법이든 의료든, 인간의 삶과 죽음 앞에선 최소한의 장치일 뿐이다. 우리 현대인은 그걸 너무 자주 잊는다. 그로 인해 마지막 순간에 가서야 자신이 인간임을, 인간답게 살다 죽을 권리가 있음을 비명처럼 외치는 것이다.

#28

이젠 떠날 때가 되었군요. 나는 죽기 위해서, 여러분은
살기 위해서. 그러나 우리 중 누가 더 좋은 일을
만나게 될지는 신밖에 아무도 모릅니다.

소크라테스, 《변론》

내 지갑 속에는 신분증과 나란히 '사전연명의료의향서* 등록증'이 들어 있다. 연명의료결정법이 제정된 직후, 하루가 급하다고 서두르는 어머니를 모시고 일찌감치 만들었다. 의향서를 쓰면 바로 연명의료 시스템에 데이터 등록이 되니까 굳이 등록증을 갖고 다닐 필요가 없다. 그래도 나는 만일의 사태에 대비해 늘 가지고 다닌다.

병원에서 오래 고생하다 갈까 봐 걱정하던 어머니는 의향서를 쓰고 홀가분해하셨지만, 사실 의향서로 중단할 수 있는 연명의료의 범위는 매우 제한적이다. 법률이 제

* 심폐소생술, 혈액투석, 인공호흡기 부착 같은 주요 연명의료에 관해 미리 본인의 의사를 밝힌 공식 문서다. 19세 이상은 누구나 정부에서 지정한 의료기관, 보건소, 건강관리보험공단 등 기관에서 설명을 듣고 본인이 직접 작성해 등록할 수 있으며, 의향이 바뀌면 언제든지 등록을 철회할 수 있다. 한편, 말기 또는 임종기 환자의 경우엔 '연명의료계획서'를 작성해 연명의료 중단 의사를 밝히도록 했다. 환자가 직접 작성하기 어려운 상태이므로 대개 담당의사가 작성한다. 보호자가 연명의료 결정을 대신할 수 있는 외국과 달리, 한국은 반드시 본인 확인이 있어야 한다.

정된 뒤 부분 개정을 통해 연명의료에 속하는 시술 범위와 담당의사의 재량권이 조금씩 늘어나긴 했지만, 아직까지는 최소한의 연명의료에 대해서만 중단할 권리를 준 상태다. 그것도 의향서를 쓰거나 임종기에 의사의 설명을 듣고 동의해야만 가능하다. 사람이 임종기에 들어서면 온전한 정신을 유지하기도 힘든데 과연 가능할까 싶고, 한편으론 죽음을 목전에 둔 사람에게 당신은 곧 죽을 텐데 이런저런 치료를 안 해도 되겠냐고 묻는 게 온당한가 싶다. 이래저래 사람답게 죽기가 참 힘들다.

2018년 104세의 호주 과학자 데이비드 구달은 스위스에서 기자회견을 열고 안락사(조력사)로 삶을 끝내겠다고 밝혔다. 그는 불치병을 앓지도 않았고 의식도 또렷했으며 백 살이 넘어서도 대학에서 연구를 계속할 만큼 활동적인 사람이었다. 그런데 어느 날 집에서 쓰러져 청소부가 발견할 때까지 이틀간 꼼짝을 못했다고 한다. 아마 이 시간 동안 그는 자신에게 죽음이 가까웠음을 절감하고, 오는 죽음을 기다릴 것인가 아니면 스스로 먼저 죽음으로 갈 것인가 고민했을 것이다. 그리고 그는 후자를 택했다. 안락사를 반대하는 이들은 비판하겠지만, 그가 다시 쓰러져 홀로 고통을 겪다가 고독사하거나, 누군가에게 발견되어 병원에서 여러 장치에 의존해 연명하다 죽는 것이 과연 더 나은 죽음, 인간적인 죽음일까?

좋은 죽음이란 없다며 웰다잉이나 존엄사같이 죽음을 미화하는 말은 쓰면 안 된다고 주장하는 이도 있다. 행여 죽음에 환상을 갖고 삶을 가볍게 여길까 걱정하는 뜻은 알지만, 죽음도 삶만큼 당연한 것인데 나쁘다며 금기시하는 건 잘못이다.

조만간 영생이 가능해진다고 주장하는 이들도 있지만, 현재로선 우리 모두 죽을 게 분명하다. 죽음도 삶처럼 피할 수 없는 현실이다. 그리고 좋은 삶이 가능하고 좋은 삶을 생각하는 것이 삶에 도움이 된다면, 좋은 죽음도 가능하며 좋은 죽음을 생각하는 것 또한 삶을 마무리하는 데 도움이 된다. 죽는 이만이 아니라, 사별 후에도 여기 남아 살아가야 할 이들에게도 도움이 된다.

호스피스 선진국인 영국 정부는 일찍이 죽음에 대한 사회적 준비가 부족한 데 문제를 느끼고 전문가 집단에 보고서를 의뢰했다. 그리고 모든 국민이 보고서에서 정의한 '좋은 죽음'Good Death, 즉 "익숙한 환경에서 존엄과 존경을 유지한 채 가족, 친구와 함께 고통 없이 죽을" 수 있는 시스템을 만들었다. 다잉매터스 같은 민관합동기구를 중심으로 죽음 알림주간, 죽음카페 등 다양한 활동을 통해 죽음을 금기시하는 문화를 바꿔간 것이다.

덕분에 별도의 존엄사법 없이도 영국은 '임종의 질'이 세계에서 가장 높은 나라로 꼽히게 됐다. 그 핵심엔 세계 최고의 호스피스 서비스와 죽음에 대한 열린 대화가 있다. "거리낌 없이 생의 마지막을 얘기하고 직시하는 사회에서 '잘 살고 잘 죽기'가 가능하다"는 다잉매터스 대표의 말처럼, 관심과 대화는 모든 문제 해결의 출발점이다.

최근 한국에서도 인간다운 삶과 마무리를 위해 법을 정비하고 호스피스를 확대하는 등 여러 노력이 이어지고 있다. 그러나 환자 중심의 의학, 사람 중심의 사회를 실현하기 위해선 법적, 양적 조치를 넘어선 질적 변화가 필요하다. 질병에 초점을 맞춘 의료와 의사 중심의 권위주의적 병원 시스템이 바뀌어야 하고, 무엇보다 노화와 질병과 죽음을 실패라 여기는 우리 모두의 가치관이 변해야 한다.

많은 죽음을 경험하고 연구한 국내외 의료인들이 하나같이 하는 이야기가 있다. 죽음을 공부하고 대화하는 것이 좋은 마지막을 위한 최선의 길이란 거다. 얼마나 다행인가. 공부와 대화는 값비싼 의료장비처럼 큰돈이 들거나 특별한 자격이 필요한 게 아니니 말이다.

그러므로 이제부터라도 거리낌 없이 마지막을 직시하고 이야기하자. 늙고 병들고 죽는 것은 피할 수 없지만 그 과정에서 서로 고민을 나누고 도움을 주고받을 수 있다면, 공연한 불안이나 걱정을 덜고 좀 더 즐거운 마음으로 살 수 있을 테니까.

그
날

이
후

\#29

그대가 존재의 근원으로 돌아가는 길을 찾을 순간이
다가왔다.
그대여, 이 순간에 모든 것은 구름 없는 텅 빈 하늘과
같고, 아무것도 걸치지 않은 티없이 맑은 그대의
마음은 중심도 둘레도 없는 투명한 허공과 같다.
이 순간 그대는 그대 자신의 참 나를 알라.
그리고 그 빛 속에 머물라.

파드마 삼바바,《티베트 사자의 서》

새벽에 전화가 왔다. 늘 휴대전화를 곁에 두고 자던 무렵이었다. 언제고 그런 날이 올 줄 알았다. 한밤중이나 이른 아침에 갑자기 전화벨이 울리는.

다섯 자식과 손주들과 그 식구까지 모두 모였다. 우리는 안방에 자리를 펴고 누워 있는 아버지 곁에 빙 둘러앉았다. 아버지는 거친 숨을 힘겹게 이어갔다. 너무 힘들어 보인다며 어머니가 울먹였다. 제대로 숨이 쉬어지지 않아 괴로워하는 것만 빼곤 딱히 두려워하거나 고통스러운 빛은 없었다. 며칠 전부터 잔뜩 부풀었던 손발이 원래 모습으로 돌아와 있었다. 다만 발가락이 안으로 말려서 펴지지 않았다.

얼마나 시간이 흘렀을까. 숨이 좀 편안해졌고 아버지는 잠이 드셨다. 비유가 아니라 말 그대로 잠이 드신 것이었다. 고비를 넘긴 줄 알았다. 부엌에선 아침 먹을 준비를 하고, 나는 그날 마감인 원고를 마무리하려고 조카의 컴퓨터 앞에 앉았다. 글이 써질 리 없는데. 어리석은 짓이었다. 그러다 어느 순간, 가신다는 말이 들렸다. 아버지는 그렇게 떠나셨다. 평소처럼 담담한 표정으로. 홀연히. 우리는 큰 울음소리로 가는 분의 마음을 어지럽게 하지 않으려 애썼다. 임종의 시간은 그렇게 끝이 났다.

온 식구가 지켜보는 가운데 평소 생활하던 자리에서 그 모습 그대로 삶을 마감하는 이런 임종은 요즘 세상에 보기 드문 것이다. 더구나 아버지는 십 년간 파킨슨병을 앓기는 했으나 병원 신세를 지거나 큰 고통을 겪지 않고 돌아가셨다. 한 해 약 30만 명의 사망자 중 천수를 누리고 평온히 세상을 뜨는 자연사가 20퍼센트에 불과한 걸 떠올리면 참 다행한 일이다.

사실 돌아가시기 전에는 미구에 닥칠 임종을 떠올리기만 해도 막막하고 겁이 났다. 그런데 막상 임종을 하고 나서는 마음속에 곱게 한 매듭이 지어진 듯, 출렁이던 마음이 고요해졌다. 그때 처음으로 임종의 의미를 깨달았다.

이전엔 사람들이 상을 당한 이에게 임종은 했느냐고 묻는 까닭도 몰랐고, 갖은 애를 쓰며 임종을 하려는 이유도 잘 몰랐다. 임종 못한 걸 평생 한으로 여기는 것도 이해가 안 됐다. 한데 겪어보고 알았다. 의식이 있든 없든 떠나는 이와 남는 이가 몸을 맞대고 하고픈 말을 하며 이별의 의식을 갖는 것이 얼마나 큰 위안이 되는지. 그것이 인생의 다음 고비를 만났을 때 얼마나 큰 힘이 되는지.

건강할 때는 몸을 가볍게 여긴다. 뭐든 마음먹기 나름이란 말도 아무렇지 않게 한다. 하지만 건강이 흔들리면 몸이 그리 간단한 게 아님을, 마음만 갖고 되는 건 아무것도 없음을 알게 된다. 사람은 정신만이 아니라 또한 몸이 있어 사는 것임을 알게 된다.

몸의 의미는 죽음에 이르러 극대화된다. 무엇보다 몸은 생사를 가름하는 증거다. 숨이 멎은 몸을 보며 죽음을 깨닫고, 서서히 식어가는 몸을 통해 죽음을 실감하고, 굳은 몸을 묻고 태우며 죽음을 기억한다.

임종은 이 몸으로 죽음을 받아들이는 시간이다. 죽어가는 이는 대개 의식이 없거나 유언을 하지 못한다. 임종의 자리에서 눈빛을 나누고 못다 한 말을 전하는 일은 퍽 드물다. 사정이 이런데 임종이 무슨 소용인가 할지 모르지만, 그래서 더욱 조용히 마지막 시간을 갖는 것이 중요하다. 임종은 몸의 언어를 듣고 나누는 시간이므로.

임종의료 전문가들에 따르면, 모든 신체기능이 정지한 뒤에도 청각은 한동안 남아 있다고 한다. 의식불명인 환자가 가족과 의료인이 나눈 이야기를 다 들었다거나, 사망 선고를 받았다 살아난 근사近死체험자들이 죽음의 순간 사람들이 하는 말을 들었다는 증언은 차고 넘친다. 그러니 비록 숨이 멎었다 해도 떠나는 이에게 위로와 사랑의 말을 전하는 것은 낯선 세계로 가는 그에게 힘이 될지 모른다.

고대 이집트나 티베트에서는 장례 때 죽은 자의 저승 길을 인도하는 〈사자의 서〉를 읽어주었단다. 그리고 보면 옛사람들도 이미 청각의 특별함에 대해 알았던가 보다. 암으로 의대 교수직을 퇴직하고 죽음학 강사로 활발히 활동 중인 정현채 교수는, 유언장에 임종 때 읽어달라고《티베트 사자의 서》를 요약해놓았다고 한다. 불교를 믿진 않지만 나도 옆지기에게 비슷한 부탁을 해놓았다. 혹시 내가 갑자기 죽으면, 내 혼을 향해 "너무 놀라지 말고 새로운 세계로 편안히 떠나라"고 말해달라고.

임종은 떠난 이의 죽음을 인정하는 중요한 시간이며, 죽음을 배우고 이해할 수 있는 삶의 귀중한 순간이다. 누구도 소중한 그 시간을 빼앗거나 빼앗겨서는 안 된다.

그러나 언젠가부터 우리 사회는 임종의 가치를 잊은 듯하다. 2, 30년 전에 이미 호스피스 센터나 병원에 임종실 설치를 의무화한 말레이시아, 대만, 미국 등과 달리 한국은 임종실이 있는 병원이 매우 드물어서, 여러 사람이 함께 있는 다인 병실에서 죽음을 맞는 일이 비일비재하다. 그로 인해 임종하는 환자와 가족들은 마지막 시간을 제대로 누리지 못하고, 옆에 있는 다른 환자와 보호자들은 죽음을 목격하고 충격을 받기도 한다.

그나마 다행인 건 최근 들어 병원에 임종실 설치를 법적으로 의무화하자거나, 집에서 임종할 수 있도록 왕진제도를 활성화하자는 논의가 이루어지는 점이다. 많은 이들처럼 나도 재택임종을 바라지만, 크고 번듯한 장례식장만큼은 아니어도 마지막 순간을 오붓하게 나눌 수 있는 임종실이 있고, 지친 의료진과 가족, 봉사자들이 눈물 흘릴 수 있는 조촐한 방이 있는 병원이라면 병원에서의 죽음도 견딜 만할 것 같다. 사람에 대한 배려가 있는 곳이니까.

결국 중요한 건 배려다. 당신도 나처럼 아프고 슬프고 약한 존재라는 이해와 공감에서 나온 배려. 삶과 죽음을 가르는 기막힌 시간, 우리를 하나로 이어주는 여리지만 단단한 힘. 나는 그것을 꿈꾼다.

#30

당신은 제게 두 가지 아름다운 유산을 남겼습니다.
하늘에 계신 아버지도 뜻하셨다면
만족할 그런 사랑의 유산을.

당신은 바다처럼 광대한
고통을 남겼습니다.
영원과 시간 사이에,
당신의 의식과 나 사이에.

에밀리 디킨슨, 〈유산〉

아버지의 죽음은 몇 달에 걸쳐 서서히 이루어졌음에도 막상 돌아가시자 뭘 어떻게 해야 할지 막막했다. 다행히 장례 협동조합에 참여하고 있던 옆지기 덕분에 그쪽 전문가들의 도움을 받을 수 있었다.

돌아가시고 몇 시간 뒤 장례식장을 잡고 시신을 옮기는데 여전히 온기가 남아 있어 마음이 편치 않았다. 따듯한 이부자리에 계신 탓이라는 설명을 들었는데도 그랬다. 돌아가신 걸 아는데도 그랬으니, 여전히 심장이 뛰는 뇌사 상태의 가족을 포기하지 못하는 이들의 마음을 알 것 같았다.

가족 모두 종교가 없어 그 이후의 절차는 전통적인 장례의식에 따라 진행했다. 상을 올리고 성복을 하고 제사를 지내는데, 아버지께 두 번 절하는 순간 울음이 터졌다. 두 번 절하다니! 돌아가셨다는 것을 처음 실감한 순간이었다.

이튿날 오후 입관식이 진행되었다. 사랑하는 아버지이고 이미 임종을 했는데도 시신을 본다고 생각하자 두려움이 엄습했다. 그래도 봐야 한다고 마음을 다잡았다. 부모상을 치러본 형부가 괜찮다고, 오히려 마음이 편해진다고 용기를 주었다.

마침내 입관실로 들어갔다. 고운 삼베 수의를 입은 아버지가 누워 계셨다. 고요한 얼굴, 다만 이제는 온몸이 얼음장처럼 차가웠다.

아버지는 열두 개 저승 관문을 지날 때 하나씩 던져준다는 삼베 사각포를 가슴에 꽂고, 다리에는 북두칠성을 상징하는 일곱 개 별 매듭을, 발에는 꽃길만 밟으시라는 꽃 매듭을 묶고 있었다.

매듭 하나에도 아름다운 뜻이 있다는 말을 들으니 위

로가 됐다. 아직 곁에 계실 아버지의 영혼도 흡족하시리란 마음에, 슬프지만 수긋하게 하직 인사를 드릴 수 있었다. 그날 본 마지막 아버지 모습이 오래 기억에 남았다. 그 기억이 고와서 슬픔을 견디는 데 큰 힘이 되었다.

삼일장을 치르고 발인을 하고, 아버지께서 생전에 마련해둔 공원묘지에 모시고, 언니 오빠들의 배려로 감히 묘비문을 짓는 소임을 맡았다. 당신의 삶을 문장으로 기리기 위해, 아버지가 남긴 자서전을 다시 읽었다.

환갑이 넘은 어느 해부터 아버지는 자서전을 쓰기 시작했다. 당신이 이면지에 쓴 글을 내가 원고지로 옮겨 보여드리면 고치시고, 다시 컴퓨터로 옮겨서 고치기를 몇 년이나 했는지. 출판사에서 편집일을 하기 한참 전에 편집자 노릇을 한 셈인데, 그때는 칭찬보다 타박만 하는 아버지가 밉고 일도 힘들어서 참 싫었다. 하지만 더는 당신께 여쭐 수 없는 처지가 되고 보니 책이 있어 얼마나 다행스럽고 감사한지. 부모가 자식을 위해 남길 수 있는 최선의 선물은 진솔한 자서전이라는 생각이 든다.

아버지가 떠나신 뒤 무릎이 꺾이는 순간이 여러 번 있었다. 그때마다 입관 때 본 마지막 모습과 당신이 남긴 자서전에 의지해 허물어지는 몸을 세웠다. 그리고 돌아가시기 한 해 전쯤, 아버지와 처음이자 마지막으로 따듯하게 포옹했던 기억. 그 기억들이 있어 당신 없는 허무의 시간을 견딜 수 있었다.

31

아무리 가족간이라 해도 살다 보면 알게 모르게
서로 마음의 고가 접히고 척이 지기도 할 것이다.
서로도 모르게 혈연적인 유대가 묽어지기도 하고
느슨해져 있기도 했을 것이다. 곡은 마지막으로
그 고를 풀면서 유대를 재건하고 강화하는 구실을
능동적으로 수행한다. 이래서 눈물은 씻음이 된다.
곡은 개인적인 차원, 그리고 가족적인 차원의
'고풀이'고 '씻김굿'이다.

김열규, 《메멘토 모리, 죽음을 기억하라》

임종이 끝나면 고인의 시신을 처리하는 장례가 시작된다. 죽음이 사회화되고 본격적인 애도가 이루어지는 시간이다. 일본의 종교학자 이소마에 준이치는, 장례란 망자의 몸과 넋을 고이 보내는 의식이며 또한 "산 자가 사자와 일종의 단락을 짓고 앞으로 나아가게 하는 의식"이라 했다. 그의 말처럼 장례는 한 죽음에 매듭을 짓고 삶을 나아가게 하는 애도 의식이기에 형식적 절차가 중요하다.

가령 장례 때 하는 곡哭만 해도 슬픔에 겨워 터져나오는 통곡이 아니라 '어이… 어이… 어이 어이' '아이고… 아이고' 같은 일정한 율격에 따라 하는 제도화된 울음이다. 조선 시대에는 아예 조정엔 곡반哭班, 개인 집엔 곡비哭婢를 두어 상례 동안 곡소리가 이어지게 했다고 한다. 요즘은 그런 억지 울음을 이상하게 여기는 경우가 많다. 하지만 고대 그리스에서도 곡을 업으로 삼는 여성이 있었고,

원시 부족민들이 상례 때 울음의 형식을 정해두었다는 인류학적 보고를 보면 그저 부자연스럽다고 평가절하할 일만도 아니다.

시신에 수의를 입힐 때도 하나하나 의미를 부여하듯이, 장례식에 복잡한 절차와 의미를 부여하는 것은 그것이 이별의 의식일 뿐 아니라 새로운 출발의 의식이기 때문이다.

죽음을 겪고 남은 이들이 흔들림 없이 삶을 영위하기 위해서는 관계와 의미를 재정립하는 과정이 필요하다. 이런 점에서 장례식은 죽음에서 신생으로 이어지는 통과의례라고 할 수 있다.

터키 남동부의 괴베클리 테페에는 악어·사자·독수리·거미 등 여러 동물이 새겨진, 9미터에서 30미터에 이르는 거대한 석조기둥으로 이루어진 건축물이 있다. 놀랍게도 그것은 지금으로부터 약 1만여 년 전, 수렵·채집 생활을 하던 구석기인들이 지은 것으로 밝혀졌다. 더욱 놀라운 건 이 인류 최초의 건축물에 사람이 살았던 흔적은 없고 오직 뼈만 발견되었다는 사실이다. 이것은 장례용 신전이 분명했다. 고고학자 클라우스 슈미트는 이를 근거로, 처음에 죽음 의례의 공간인 사원이 생기고 이어서 도시가 생겼다고 주장했다. 이전까지는 수렵·채집 사회가 농경사회로 발전하고 뒤이어 도시가 발달했다는 게 인류사의 정설이었다. 그러나 괴베클리 테페 유적의 발견으로, 이제 학자들은 죽음과 그에 연관된 종교적 기념물이 농경 발달을 자극했으리라고 보기에 이르렀다.

인류의 발전단계가 어떠했는지에 대해선 연구가 더 필요하지만, 죽음을 기리는 의식이 인간 사회에 얼마나 큰 의미가 있는지는 이것 하나만 봐도 분명히 알 수 있다. 바퀴도 굴대도 없던 그 옛날, 돌 하나의 무게가 10톤이 넘는 거대한 건축물을 지었다니. 그것도 편안히 잘 살기 위해서가 아니라 주검을 처리하고 죽음을 기리기 위해서라니 놀랍지 않은가? 인간에게 장례, 나아가 죽음이 얼마나 큰 의미를 갖는지 새삼 깨닫게 된다.

고대 그리스의 유명한 비극《안티고네》는 이 사실을 극적으로 보여주는 작품이다. 소포클레스가 쓴 이 비극의 발단은 바로 장례다.

오이디푸스 왕의 두 아들이 왕위 다툼을 벌이다 죽자 뒤이어 즉위한 크레온 왕은, 첫째 왕자는 잘 장사 지내준 반면, 둘째는 외군을 끌어들인 죄 등을 물어 매장 금지령을 내린다. 죽은 왕자들의 누이인 안티고네는 반발한다. 그는 국법보다 혈육의 정과 하늘의 법이 중요하다며 길에 버려진 오빠의 시신을 수습했고, 격분한 크레온 왕이

돌무덤에 가두자 스스로 목숨을 끊는다. 이에 안티고네의 약혼자였던, 크레온의 아들 하이몬은 아버지를 해치려다 자결하고, 그 충격으로 어머니마저 뒤를 따르고 만다.

처음 읽었을 땐 100쪽 남짓한 짧은 이야기에 어찌나 많은 죽음이 나오던지, 어이가 없었다. 목숨을 걸면서까지 오빠의 시신을 수습하는 안티고네가 고집스럽게 느껴지기도 했다. 그런데 지난 몇 년 여러 죽음을 보고 듣고 겪으면서 그 절망과 분노가 이해되었다.

시신에 예를 갖추는 것은 그가 죽었음에도 여전히 인간임을 보여주는 의식이다. 시신을 훼손하고 장례를 못 지내게 하는 건 그의 삶은 물론, 인간으로서 그의 존재 자체를 부정하는 것이다. 망자와 함께 살며 사랑한 이들에게는 견딜 수 없는 일이다. 사회가 고인을 부정하고 애도를 금지할 때, 그들은 자신의 삶이 부정당하는 충격을 받고 표현하지 못한 슬픔에 발이 묶인다. 죽은 자는 몸을 벗고 자유로워졌으나 산 자들은 그 몸에 얽매여 죽음에 사로잡히고 만다.

박완서의 단편소설 〈부처님 근처〉는 전쟁 통에 이념 때문에 처참한 죽음을 당하고 장례조차 제대로 치르지 못한 아버지와 오빠를 뒤늦게 애도하는 이야기다. 제때 제대로 애도하지 못해 평생 괴로워하던 작중 화자는, 처음으로 제사를 지낸 뒤 혼곤히 잠든 어머니를 보며 말한다.

내 품의 어머니는 꼭 죽어 있는 것 같았다. 오오, 죽은 사람, 참 이렇게 고운 사상死相도 있겠구나! 이 평화로움, 이 천진함, 나는 별안간 세차게 가슴이 두근거렸다. 언젠가는 그래, 언젠가는 어머니는 지금 잠드신 것 같은 고운 사상을 내게 보여줄 게 아닌가. 고운 죽음이 얼마나 큰 축복이 될 것인지를 나는 알고 있다. 흉한 죽음이 얼마나 집요한 저주인가를 알기 때문에. (⋯) 나는 처음으로 털끝만큼의 혐오감도 없이 한 죽음을 생각할 수 있었던 것이다. (⋯) 나는 내 어머니의 죽음으로 내 오랜 얽매임을 풀고 자유로워질 실마리를 삼아볼 작정이다.[16]

사별의 아픔은 너무나 크지만 '고운 죽음'의 모습은 슬픔을 견디는 힘이 된다. 또 비록 죽음의 모습은 흉하다 해도 그 죽음을 함께 기리고 애통해하는 이웃들의 '고운 애도'는 살아갈 힘을 준다. 반대로 죽음을 모욕하는 세상은, 《안티고네》가 보여주듯 살 힘을 빼앗아 더 많은 죽음으로 이어진다. 개인적으로뿐 아니라 사회적으로도 애도가 중요한 이유다.

#32

슬픔이 공포와 비슷하게 느껴진다는 사실은 아무도
말해주지 않았다.

C. S. 루이스, 《헤아려 본 슬픔》

애도는 동물도 한다. 생태학자 칼 사피나가 쓴《소리와 몸짓》이란 책에는, 온 가족을 잃고 슬퍼하는 늙은 코끼리를 바다에 사는 고래가 위로하는 이야기가 나온다. 현장을 목격한 생물학자 라이얼 왓슨은 그 순간을 이렇게 전한다.

내 마음은 최후의 나이즈나 코끼리에게 다가갔다. 그런데 내가 슬픔에 빠져들 찰나, 흰긴수염고래가 수면에 떠올랐다. 난 그들이 소통하고 있다고 확신했다! 초저주파 음파로 함께 소리 내면서, 몇 안 되는 자손을 위해 모든 것을 쏟아부었던 고통을 서로 이해하고, 여자 대 여자로서, 가모장 대 가모장으로서, 그들 부류의 거의 마지막 일원으로서 서로 공감하고 있었다. 나는 그들을 그 자리에 둔 채 떠났다. 일개 인간이 끼어들 상황이 아니었다.[17]

바다와 육지에 사는 전혀 다른 두 동물이 함께 아파하고 위로하다니 정말 놀랍지 않은가! 이는 애도가 종의 경계를 넘어설 만큼 중요한 사건임을 보여준다.

동물도 이럴진대 사람이야 말해 뭐하랴. 상실을 겪고 그것을 슬퍼하는 일은 당연하고 피할 수 없는 일이다. 하지만 그 당연한 일조차 제대로, 충분히 하기는 쉽지 않다.

필립 아리에스는 '어린이'와 '죽음'이란 주제로 현대 역사학에 한 획을 그은 프랑스의 역사학자다. 그는 제2차 세계대전 때 형이 전사한 것을 계기로 죽음을 연구하기 시작했다. 아버지가 황량한 군인묘지에 묻힌 형의 유해를 아름다운 산으로 이장하고 위안을 얻는 걸 보면서 묘지와 죽음에 대해 다시 생각하게 되었고, 이후 15년간 고대부터 현대까지 다양한 도상과 문서를 섭렵하며 죽음의 역사를 천착했다. 그렇게 해서 완성한 《죽음 앞의 인간》은 1000쪽이 훌쩍 넘는 역작으로 기존 역사학계에 큰 충격을 주었다. 그를 통해 사람들은 비로소 죽음도 시대에 따라 변한다는 것, 죽음에도 역사가 있다는 것을 알게 되었다.

죽음의 역사에서 아리에스가 특히 주목하는 건 20세기에 일어난 질적 변화다. 그는 이를 '금지된 죽음'이라고 표현했다. 죽음이 사회로부터 격리, 은폐되고 애도마저 금지당한 까닭이다.

그에 따르면, 대개의 사람들이 병원에서 "혼자 은밀히 죽어가는" 오늘날, 환자와 유족은 조용히 감정을 자제해야 한다. '품위 있는 죽음' '품위 있는 애도'가 죽음의 스타일로 자리 잡으면서, 울며불며 슬퍼하는 것은 교양 없고 병적인 것으로 여겨지게 되었다.

나도 그랬다. 담담히 죽음을 맞고 조용히 슬픔을 억제하는 게 좋은 죽음, 좋은 애도라고 생각했다. 그런데 아리에스의 글을 읽으면서, 어쩌면 이때의 '좋은 죽음'이란 지켜보는 이에게 충격을 덜 주는 것을 의미하는 게 아닌가 싶었다. 죽음을 맞은 이에게 마지막까지 타인의 관점에서 스스로를 통제하고 연출하도록 요구하는 게 아닐까, 그리하여 진실로 자신의 죽음을 느끼고 살고 완성하는 걸 막는 게 아닐까 의구심이 들었다.

물론 지금도 나는 담담히 죽음을 맞기를 꿈꾼다. 또 먼 길 가는 망자의 넋이 어지럽지 않도록 조용히 보내드리려 한 것을 잘했다고 생각한다. 그렇다고 수전 손택처럼 마지막까지 살기 위해 몸부림치는 걸 나쁜 죽음이라 생각진 않는다. 상실의 아픔을 못 이겨 대성통곡하는 게 교양 없는 짓이라고도 생각지 않는다.

모든 사람은 자신의 방식대로 살고 죽고 슬퍼할 권리가 있다. 누구도 이렇게 살아라, 저렇게 죽어라 요구할 수 없듯이 그만 슬퍼하라고 말해서도 안 된다. 아리에스가 지적했듯, 사람을 병들게 하는 건 과도한 슬픔이 아니라 오히려 슬픔의 금지다. 애도, 즉 상실의 슬픔을 제대로 처리하는 것은 개인뿐 아니라 사회의 건강을 위해서도 중요하다.

#33

아무것도 안 하는 게 아니야. 슬퍼하고 있잖아.
그거 아주 힘든 일이야.

수 클리볼드, 《나는 가해자의 엄마입니다》

젊은 시절, 사랑하는 사람에게서 헤어지잔 말을 들었을 때 땅이 꺼지는 것 같았다. 분노, 원망, 좌절, 수치심, 무력감, 심지어 자살 충동까지, 온갖 감정을 느꼈다. 그때는 너무 사랑해서 그런 줄 알았는데 죽음 공부를 하면서 깨달았다. 상실이란 그런 것임을. 중년의 퇴직자들이 느끼는 절망감 역시 이와 다르지 않다. 긴 시간 나와 함께했던 것을 잃었을 때, 나란 존재가 부정당하고 자신에게 커다란 의미였던 것을 잃었을 때, 사람은 무너진다. 그의 일부가 죽기 때문이다.

애도는 그런 나를 슬퍼하고 위로하는 것이다. 상실로 인해 죽은 내 일부를 떠나보내는 일이다. 쉽지 않은 일이다. 나를 버린 상대를 용서하는 것도, 내가 그렇게 허약한 인간이란 걸 인정하는 것도 쉽지 않다. 내 약함을 남이 보고 동정하는 것도 싫다. 그래서 아무렇지 않은 척한다. 슬퍼하는 자신에게서 눈을 돌리고, 울음이 터지려는 입을 막는다. 그렇게 상처를 봉합한다. 하지만 잘 아물어 딱지가 떨어질 때까지 보살펴주지 않은 상처는 덧나게 마련이다. 제때 제대로 애도하는 것이 중요한 이유다.

애도가 충분히 잘 이루어지려면 그 자신의 노력만큼이나 다른 사람들의 도움이 필요하다. 육지의 코끼리를 바다의 고래가 위로하듯이, 곁에 있는 사람이 그의 아픔에 공감하고 위로해줄 때, 사람은 힘을 내어 자신의 상처를 들여다보고 치유할 용기를 낼 수 있다.

문제는 이 위로가 참으로 어렵다는 것이다. 뜻이 좋다고 결과도 좋은 것은 아니어서, 위로라고 건넨 말이 새롭게 상처를 주는 일도 적지 않다. 독실한 종교인조차 너무나 쉽게 종교적인 말로 위로하는 사람들 때문에 상처를 입었다고 토로할 정도다. 엘리자베스 퀴블러 로스는 성직자의 역할과 신앙의 힘을 인정했지만, "환자가 죽었을 때 하나님의 사랑에 대해 말하는 건 잔인하고 부적절하다"고 했다.

그럼 어떻게 해야 할까? 사랑을 잃고 혼돈과 공허 속에 있는 사람에게 가장 좋은 위로는, 곁에서 기다려주는 것이다. 울면 손수건을 내어주고, 뭔가를 얘기하면 귀 기울여 들어주며, 그렇게 잠시 곁을 지켜주는 것이다. 근사한 말보다 좋은 위로는, 조용한 경청이다.

듣기는 말하기보다 쉬운 것 같지만 사실은 훨씬 어렵다. 죽음을 겪는 사람들의 이야기를 듣는 것은 더욱 그렇다. 말기 환자와의 대화를 강조한 로버트 버크만은 "잘 듣는 것은 육체적이고 정신적인 일"이라면서 구체적인 방법을 일일이 열거했다. 일테면 이런 것이다.

- 잘 듣기 위해서는 환자가 하는 말에 대해 깊이 생각하라. 대꾸할 말을 미리 준비하지 마라. 환자의 말을 가로막지 마라. 환자가 당신 말을 가로막으면 그가 말하도록 하고 말을 멈추라.
- 무슨 말을 해야 좋을지 모를 때는 침묵하라. 아무 말도 못하고 곁에 있기만 하는 것을 겁내지 마라.[18]

그의 가르침은 내가 하지 못했던, 그러나 슬픔 속에 있을 때 내가 가장 바라던 태도였다. 말기 환자만이 아니라 누구든 말할 수 없는 아픔을 겪는 사람에게 이런 자세로 곁을 지키고 귀를 기울이는 사람이 있다면, 그는 적어도 외로움이란 고통은 겪지 않으리라.

동일본 대지진 때, 쓰나미가 지나간 지역에서 종교인들은 작은 트럭에 이동찻집을 만들어 피해자들의 목소리를 경청하는 자원봉사를 펼쳤다고 한다. 당시 봉사에 나섰던 한 승려는 피해자의 아픔을 알 수도 없고 답을 주지도 못하는 자신의 무력함에 괴로웠는데, 그런 마음을 먼저 털어놓자 상대도 마음을 열었다고 말한다. 경청이란, 위로란 바로 그런 것이다. 말이 아니라 마음을 듣고 나누는 것, 그래서 내가 혼자가 아님을 깨닫는 것.

그러나 아픔을 들어주는 것은 아픔을 겪는 것 못지않게 힘들다. 그래서 우리는 섣부른 말을 늘어놓고 서둘러 피하는지도 모른다. 부끄럽지만, 언젠가 자식을 잃은 어머니를 만났는데 위로는커녕 옆에 앉아 있는 것조차 힘들어서 도망치듯 자리를 뜬 적이 있다. 그때 알았다. 누군가를 도우려면 나에게 힘이 있어야 한다는 것을.

애도와 위로는 힘들고, 잘하기는 더욱 힘든 일이다. 릴케는 "우리가 뭔가를 하는 이유는 그것이 힘들기 때문이다"라고 했지만, 나같이 용렬한 사람은 피할 수 있다면 피하고 싶다. 하지만 상실과 죽음을 피할 수 없듯이, 헤어지고 슬퍼하고 슬퍼하는 사람을 지켜보고 슬픔을 나누는 일도 피할 수 없다. 당장은 도망친다 해도 결국은 겪을 일. 어느 날 갑자기 뒤통수를 맞기 전에 미리 준비하면 충격은 줄고 결과는 더 나으리라.

죽음의 질이 가장 좋다는 영국을 비롯해 독일, 미국, 대만 등 여러 나라에선 어린이와 청소년을 대상으로 반려동물과의 사별 등을 담은 죽음교육을 실시하고 있다. 어린이는 죽음을 감당할 수 없다고 보고, 죽음도 주검도 모두 멀리하게 하는 우리와는 전혀 다른 태도다.

수많은 죽음을 겪은 엘리자베스 퀴블러 로스는 아이들에게도 죽음에 대해 솔직히 이야기해야 하며, 가능한 한

임종과 장례의 과정에 그들도 참여하도록 하라고 조언한다. 아이들은 어른들의 짐작과 달리 이미 죽음을 받아들일 준비가 되어 있으며, 그런 경험을 통해 오히려 영혼의 성장을 이루고 삶을 충실히 살 준비를 할 수 있다는 것이다.

한국은 청소년 자살이 심각한 나라다. 자살에는 여러 이유가 있지만, 만약 죽음이 무엇인지 좀 더 구체적으로 생각하고 알 기회가 있다면, 죽음이 자신과 타인에게 미칠 영향에 대해서 안다면, 젊은이들이 스스로 목숨을 끊는 일은 줄지 않을까.

죽음을 생각하는 것은 인생에서 가장 중요한 것이 무엇인가를 성찰하는 것이고, 어떻게 죽을까를 생각하는 것은 어떻게 살아야 할지를 고민하는 것이다. 그러므로 모든 죽음교육은 삶을 위한 교육이다. 그리고 우리의 인생 자체가 이걸 배우는 학교다.

더 늦기 전에 우리가 서로의 죽음을 생각하고 이야기했으면 좋겠다. 마음을 터놓고 대화하는 순간, 이미 우리는 서로의 삶을 더 잘 돌보게 될 테고 자연히 세상도 좀 더 살 만해질 테니까. 서로를 염려하는 것, 서로의 아픔을 배려하는 것. 함께 살아가는 데 그 이상이 있을까?

읽다 ————————————————————

생애
마지막 공부를
위하여

34

철학이란 죽는 법을 배우는 것이다.

미셸 드 몽테뉴,《수상록》

시작하는 독서

사람을 사귀는 것이든 공부를 하는 것이든, 뭐든 처음은
어렵다. 궁금하고 알고 싶은데 어디서부터 시작해야 할지,
제대로 하고 있는 건지 막막하다. 20년 전쯤 처음 죽음에
관심을 갖고 공부할 때 내가 그랬다. '삶과 죽음을 생각하
는 회' 같은 공부 모임이 있는 줄도 모르고 혼자 끙끙대면
서 제목에 '죽음'이 들어가는 책을 닥치는 대로 읽었다. 요
즘은 웰다잉 교육도 많고 죽음학을 공부하는 이들도 늘어
서 전보다는 접근이 쉽다. 그래도 나처럼 시행착오를 겪
는 이들이 있을까 봐 읽을 만한 책 몇 권을 소개한다. 지금
도 계속 새로운 책들이 출간되고 있으니 이 목록은 그저
참고용일 뿐이지만 조금이라도 도움이 되면 좋겠다.

죽음에 관심이 생겼다고 해도 막상 책을 읽는 건 부담

스러워하는 이들이 많다. 아무래도 무거운 주제니까. 이런 초심자들의 경우, 죽음을 주제로 한 문학 작품이나 자신의 경험을 담담히 적어 내려간 에세이 같은 책부터 읽으면 좋을 터다.

대표적인 것이 **폴 칼라니티**의《**숨결이 바람 될 때**》(이종인 옮김, 흐름출판, 2016)다. 우리나라에서도 죽음 관련서로는 드물게 인기를 얻은 책이다. 서정적인 제목과 젊은 외과 의사의 마지막 기록이라는 애달픈 사연, 거기에 죽음으로 가는 자신의 모습을 담담하면서 감동적으로 그려낸 문장이 어우러져 독자의 마음을 사로잡았다. 감정적으로만 접근하지 않고 의학적 전문성도 담겨 있어서 초심자가 읽기에 썩 좋다.

죽음에 관한 문학이라고 하면 **레프 톨스토이**의 작품을 빼놓을 수 없다. 수많은 작가와 지식인들이 죽음을 이야기했지만, 톨스토이처럼 정직하고 집요하게 이 주제를 다룬 이는 드물다. 죽음의 문장들에서 흔히 보이는 추상, 과장, 허영이 그의 문장에는 없다. 대표적인 것이 **《안나 카레니나》**(1877)와 **《이반 일리치의 죽음》**(1886)이다. 전자는 죽는 자를 바라보는 외부의 시선으로, 후자는 죽어가는 자의 내부의 시선으로 죽음을 기록했는데, 오래된 책이지만 지금도 이만 한 작품을 찾기가 힘들다.

《안나 카레니나》는 죽음을 지켜보는 산 자들의 무력감, 공포, 죄의식을 속속들이 보여준다. 특히 나는 주인공 레빈을 통해, 죽음을 사고하는 지식인의 허위 혹은 무지를 고백하는 대목에 깊이 공감했다. 죽음을 생각하고 공부하라고 말했고 나도 그래왔지만, 이 공부란 것이 현실의 죽음 앞에서 얼마나 무력한지 아는 까닭이다. 생각만으로 공부만으로 알 수 없는 것이 인생이니까 당연한 일이지만 우리는 종종 그걸 잊는데, 톨스토이는 결코 잊지 않는다.

《이반 일리치의 죽음》은 죽음에 관해 말할 때 빼놓지 않고 등장하는 일종의 필독서다. 놀라운 건 엘리자베스 퀴블러 로스가 수백 명의 말기 환자들을 인터뷰하고 밝힌 죽음의 5단계가 이 소설에 그대로 담겨 있다는 사실이다. 백 년도 훨씬 전에 톨스토이는 인간이 어떻게 죽어가는지 알았던 셈이다. 눈앞에 닥친 죽음을 부정하고 분노하고, 죽음의 그늘 아래서 겪어야 하는 고독에 절망하는 사람의 내면을, 그는 부검의가 시신을 해체해 진실을 보여주듯 그야말로 적나라하게 보여준다.

죽음 공부를 처음 시작할 때 읽고, 몇 년 지나서 또 읽고, 이번에 책을 쓰면서 다시 읽었는데, 읽을 때마다 새롭게 느끼고 배우게 된다. 아마 여러분도 처음에 이 책들을 읽고, 아래 소개한 책들을 읽은 뒤 다시 읽으면 또 다른 생각이 들 것이다.

　짧고 굵은 소설로 독특한 작품세계를 일궈온 프랑스 작가 **엠마뉘엘 베르네임**의 자전소설 《**다 잘된 거야**》(이원희 옮김, 작가정신, 2016)는 안락사라는 주제를 생각하기에 좋은 책이다. 뇌혈관 질환으로 편마비가 온 그의 아버지는 치명적인 질병이 아님에도 딸에게 안락사를 할 수 있게 도와달라고 부탁한다. 베르네임은 아버지의 안락사를 도우면서 자신이 겪은 갈등과 고통, 상실의 아픔과 회복의 과정을 가슴 아플 만큼 솔직하게 보여주는데, 책장을 덮은 뒤에도 스위스에서 의사 조력 자살을 한 그 아버지의 선택에 대해 여러 생각이 남는다.

미국의 시나리오 작가 **제임스 에이지**의 《가족의 죽음》 (문희경 옮김, 테오리아, 2015)은 어릴 적 사고로 잃은 아버지를 생각하며 쓴 자전소설이다. 작가 사후에 출판되어 1958년 퓰리처상을 수상했고, 지금까지도 미국인이 가장 사랑하는 애도의 문학으로 꼽힌다고 한다. 내게도 가장 아름다운 애도서로 기억되는 작품이다. 특히 천대받는 흑인 월터 아저씨가 여섯 살, 네 살의 에이지 남매를 위로하는 장면은 볼 때마다 눈물을 쏟게 된다. 애도란 무엇이며 애도를 어떻게 해야 할까 고민이라면 일독을 권한다.

소설가이자 실존주의 심리학자인 정신과 의사 **어빈 얄롬**은 심리적 문제를 다룬 소설들로 유명하다. 특히 노년기에 쓴 《폴라와의 여행》(이혜성 옮김, 시그마프레스, 2006), 《보다 냉정하게 보다 용기 있게》(이혜성 옮김, 시그마프레스, 2008), 《삶

과 죽음 사이에 서서》(이혜성 옮김, 시그마프레스, 2015) 등은 죽음의 의미를 다시 생각하게 한다. 읽은 지 꽤 됐지만 지금도《삶과 죽음 사이에 서서》에서, 말기 암 환자 엘리가 자신은 '죽음의 선구자'로 아이들에게 "어떻게 죽을 것인가에 대한 모델"이 되겠다고 한 내용이 잊히지 않는다. 얄롬의 책은 삶과 죽음이라는 실존적 고뇌를 다루지만 실제 사례들로 풀어내 어렵거나 현학적이지 않고, 자신의 실수도 가감 없이 털어놓는 솔직함이 읽는 이의 마음을 다스하게 감싸준다.

저널리스트 **최철주**는 가족을 먼저 보내며 호스피스 활동과 죽음 공부를 한 분이다. 기자 출신답게 국내외 병원과 호스피스 시설, 존엄사에 관심 있는 의사, 염습 봉사자 등 여러 사람을 두루 취재하여《**해피엔딩, 우리는 존엄하게**

죽을 권리가 있다》(궁리, 2008), 《**이별 서약**》(기파랑, 2014) 같은 책을 펴냈다.

책마다 독특한 매력이 있지만 한 권을 고른다면 《**존엄한 죽음**》(메디치미디어, 2017)을 권하고 싶다. 딸과 아내를 잃은 저자의 개인적 사연에 공감하면서 존엄사와 호스피스에 관해 깊이 알 수 있기 때문이다. 특히 책에 실린 이정신, 유은실 교수와의 인터뷰는 의사를 꿈꾸거나 의사인 분들이 꼭 읽었으면 좋겠다. 현장에서 죽음을 고민하며 의대생 죽음교육에 앞장선 이들의 솔직하고 신랄한 이야기가 우리의 현실을 돌아보게 한다.

이런 책들도 부담스럽다면 그림책으로 시작하는 것도 좋겠다. 볼프 에를브루흐의 《**내가 함께 있을게**》(김경연 옮김, 웅진주니어, 2007), **샤를로트 문드리크와 올리비에 탈레크가**

쓰고 그린 《무릎딱지》(이경혜 옮김, 한울림어린이, 2010), **로랑 모로**의 《그 다음엔》(박정연 옮김, 로그프레스, 2015) 등 읽어볼 만한 책이 아주 많다. 그 외에도 일러스트레이터 **유디트 바니스텐달**의 그래픽노블 《아버지가 목소리를 잃었을 때》(이원경 옮김, 미메시스, 2013)는 후두암에 걸린 아버지와 가족의 모습을 통해 상실의 슬픔을 잔잔히 그린 작품인데, 만화라서 부담 없이 읽을 수 있지만 감동은 묵직하다.

본격적인 공부를 위한 독서

죽음에 대해 본격적으로 공부하고 싶다면 **EBS다큐프라임 '데스' 제작팀**이 펴낸 《좋은 죽음 나쁜 죽음》(책담, 2019)을 보기를. 교육방송에서 몇 년 전 '생사탐구 대기획 데스 Death'란 다큐멘터리를 제작해 방영한 적이 있는데 그것을 다시 책으로 엮은 것이다. (초판은 2014년에 《EBS다큐프라임 죽음》이라는 제목으로 출간되었다.)

의학·물리학·철학·심리학·종교학·역사학 등 다양한 분야의 국내외 전문가들을 인터뷰하고 자료를 섭렵해 만든 책으로, 죽음의 심리학부터 근사체험, 사후세계, 죽음교육에 이르기까지 다루는 주제도 광범하고 시각 자료도 풍부해서 죽음학 안내서로 손색이 없다. 제작팀이 직접 실험한 다양한 사례도 흥미와 이해를 돕는다. 책 뒷부분에는 참고자료가 있어서 이후 공부에도 도움이 된다.

스터즈 터클은 역사학에서 새롭게 각광받는 구술사의 대표 주자다. 사람들을 인터뷰하고 기록하는 구술사는 언뜻 보면 쉽지만, 사실은 대상을 찾고 고르고 질문을 던지고 기록하는 모든 과정에 학자의 식견이 담기므로 퍽 어려운 역사 서술이다. 스터즈 터클은《일》이란 책으로 이름을 떨쳤는데, 나는 그가 87세에 쓰기 시작한 《여러분, 죽을 준비 했나요》(김지선 옮김, 이매진, 2015)를 보고 팬이 되었다. 내가 이 책을 읽고 또 읽던 2008년, 그가 세상을 떠났다는 비보를 접하고 얼마나 가슴이 아팠는지 모른다. "향년 97세면 호상이지, 뭘" 하고 생각한다면 이 책의 '들어가며'를 읽어보기를. 그걸 읽고도 생각이 바뀌지 않았다면 책은 안 읽어도 좋다.

책에는 생사의 현장을 지키는 응급구조사, 죽다 살아난 암 환자, 사형수, 2년간 코마 상태였던 학생, 자식을 잃은 부모, 시체안치소에서 깨어난 마약중독자, 원자폭탄에 가족을 잃은 사람 등 다양한 죽음을 겪은 64인의 육성이 담겨 있다. 그들이 들려주는 이야기는 각각의 인생이 다르듯 다 다르다. 죽음의 문턱에서 돌아온 어떤 이는 사후세계를 믿고, 어떤 이는 그런 것 없더라고 말한다. 하지만 내용은 달라도 사람은 각자의 죽음을 겪으며 그 죽음의 진실에 다가가기 위해 최선을 다한다는 것을 보여준다는 점에선 그들 모두 똑같다.

죽음의 실상을 아는 데는 의료인들이 쓴 책이 도움이 된다. 그중에도 으뜸은 **엘리자베스 퀴블러 로스**의 책이다. 대표작 《**죽음과 죽어감**》(이진 옮김, 청미, 2018)이 유명하지만, 처음 접한다면 그의 자서전 《**생의 수레바퀴**》(강대은 옮김, 황금부엉이, 2019)부터 봐도 좋겠다. 세쌍둥이로 태어나 남다른 인생을 살아온 이야기를 읽다 보면, 그가 세계 최초로 죽음학의 선구자가 된 것이 우연이 아님을 알게 될 것이다.

죽음학의 고전으로 꼽히는 《죽음과 죽어감》 외에도, 이 책이 나온 뒤 저자가 5년간 약 700회의 워크숍, 강연, 세미나에 참가하며 청중의 질문에 답한 내용을 담은 《**죽음과**

죽어감에 답하다》(안진희 옮김, 청미, 2018)도 죽음을 이해하는 데 도움이 된다. 사별의 슬픔을 겪는 사람들을 비롯해 의사, 간호사, 성직자, 사회복지사, 구급대원, 재활훈련사, 장의사 등 여러 분야 전문가들이 많은 질문을 던졌는데, 아무리 어렵고 곤란한 질문에도 피하지 않고 간명하게 대답한 걸 보면, 저자의 깊고 넓은 지식과 다스한 인품에 절로 고개가 숙여진다.

의사가 쓴 책을 말하면서 **셔윈 눌랜드**를 빼놓을 수는 없다. 그는 의학 분야에서 여러 권의 베스트셀러를 남긴 의사 작가로, **《사람은 어떻게 죽음을 맞이하는가》**(명희진 옮김, 세종서적, 2020. '사람은 어떻게 죽는가'라는 제목으로 처음 소개되었다)는 전 세계 29개 언어로 번역되어 50만 부가 넘게 팔린 고전적인 저작이다. 그는 이 책에서 노환, 심장질환, 알

츠하이머, 에이즈, 암, 자살 등 다양한 죽음이 어떻게 진행되며, 환자와 가족들이 마지막을 어떻게 보내는지 자세히 설명한다. 이렇게 자세히 알 필요가 있나 싶을 정도인데 그러는 이유가 있다. 죽음이 어떻게 진행되는지를 알아야 제대로 준비할 수 있기 때문이다.

아툴 가완디 역시 여러 권의 베스트셀러를 펴낸 필력 있는 의사다. 특히 그가 아버지의 죽음을 겪으며 쓴《**어떻게 죽을 것인가**》(김희정 옮김, 부키, 2015)는 노년과 죽음이라는 인생의 가장 큰 고민에 진지하게 답한 역작이다. 길어진 노년의 삶과 노인 질환, 그리고 죽음에 이르는 과정을 구체적인 사례를 통해 보여주고, 우리 사회가 이에 어떻게 대처해야 하는지 고민하는 내용이 읽는 내내 마음을 울린다.

의료 현장에서 이루어지는 과잉의료의 문제점을 지적한 책은 정말 많다. 독일의 응급의료 전문의 **미하엘 데 리더**의 《**우리는 어떻게 죽고 싶은가**》(이수영 옮김, 학고재, 2011), '영국에서 가장 존경받는 신경외과 의사'로 유명한 **헨리 마시**의 《**참 괜찮은 죽음**》(김미선 옮김, 더퀘스트, 2016), 미국의 응급의학과와 내과학 전문의이자 의회 보건정책 위원으로도 활동 중인 **댄 모하임**이 쓴 《**더 나은 죽음**》(노혜숙 옮김, 아니마, 2012) 등 국적도 전공도 다른 의사들의 책에서 비슷한 얘기를 만날 수 있다.

이 문제에 대해선 한국의 의료인들이 쓴 책도 꽤 있다. 간호학자 **김형숙**의 《**도시에서 죽는다는 것**》(뜨인돌, 2017)은 우리 사회에서 벌어지는 죽음의 실태를 적나라하게 드러내 큰 충격을 준 책이다. 2012년에 처음 출간되었는데, 한국에서 존엄사 논의가 활발해진 데는 이 책도 한몫하지 않았나 싶다. 병원 중환자실에서 생애 마지막에 어떤 일들이 일어나는지, 생생한 경험을 바탕으로 쓴 이 책이 아니었다면 일반인들은 그 심각성을 알지 못했을 테니까.

　임종의료 전문의 **윤영호**도 죽음학 하면 빼놓을 수 없다. 일찍부터 웰다잉, 존엄사에 관심을 갖고 여러 책을 썼는데 그중 《**나는 한국에서 죽기 싫다**》(엘도라도, 2014)를 권하고 싶다. 내가 이 책을 들고 백화점 엘리베이터를 탔더니 한 중년 여성이 무슨 책이냐며 관심을 보였다. 좋은 책을 좀 더 많은 사람이 봤으면 해서 일부러 자극적인(!) 제목이 잘 보이게 들고 다닌 보람이 있어 흐뭇했다. 한국에서 죽음을 가장 현실적으로 이야기하는 의사로 정평이 나 있는 저자는, 죽음에 이르렀을 때 나타나는 증상들은 물론 한국의 의료 현장에서 임종이 어떻게 이루어지고 어떤 문제들이 있는지, 호스피스와 완화의료를 위해 무엇이 필요한지, 많은 사례와 자료를 통해 보여준다. 그리고 죽음의 질을 높이기 위한 구체적인 진단과 방안도 제시한다.

종양내과의 **허대석**은 오랫동안 말기 암 환자 가족 상담과 호스피스·완화의료를 정착시키는 데 앞장서온 의사다. 그가 자신의 경험을 바탕으로 쓴《**우리의 죽음이 삶이 되려면**》(글항아리, 2018)도 다양한 사례를 통해 과잉의료의 문제점과 존엄사 및 호스피스의 중요성을 일깨운다. 앞의 책들과 달리 연명의료결정법이 제정된 이후에 나온 책이어서, 연명의료 결정 과정을 자세히 설명하고 법률이 현실에 적용될 때 나타나는 문제점을 좀 더 분명히 밝히고 있다.

소개한 책들에 적힌 적나라한 현실을 보고 나면 당장

사전연명의료의향서를 쓰고 싶어질 것이다. 다만 제목이 너무 노골적이라고 눈살을 찌푸리는 분들이 있는데, 늙고 병들어서도 사람으로 대접받고 사람답게 살기 위해 우리 모두 좀 더 과감해지면 좋겠다.

좀 더 나은 죽음을 위한 구체적인 방법을 제시하는 책들도 읽어두면 좋다. **오츠 슈이치**는 천여 명의 죽음을 지켜본 일본의 호스피스 전문의로 자신의 경험을 바탕으로 아주 많은 책을 썼는데, 그중 《**삶의 마지막에 마주치는 10가지 질문**》(박선영 옮김, 21세기북스, 2011)을 권한다. 160여 쪽에 불과한 얇은 책이지만, 유용한 정보와 감동적인 이야기가 가득한 알찬 책이다. **야마가타 켄지**의 《**인간답게 죽는다는 것**》(김수호·김의호 옮김, 군자출판사, 2015)도 호스피스 의료 현장의 이야기를 생생히 전해준다. 특히 암 환자에게 사실을 알리는 문제에 대해 얘기하면서, "중요한 것은 암 통보의 옳고 그름이 아니다. 환자에게 중요한 것은 '자신이 결코 고독하지 않다는 것'을 아는 것, '자신을 사랑하고 공감해주는 사람이 있다는 것'을 실감하는 것"이라고 한 대목에 깊이 공감했다. 의사 지망생들이 꼭 읽었으면 하는 책이다.

일본의 '동네의사' **나가오 가즈히로**의 《**평온한 죽음**》(유은정 옮김, 한문화, 2013)도 읽어볼 만하다. 그는 종합병원 의사로 일하면서 불필요한 연명의료의 폐해를 실감한 뒤, 동네병원을 열어 환자들이 집에서 편안히 마지막을 맞을 수 있도록 재택의료를 펼치는 동네의사다. 존엄사, 치매, 고독사 등에 관한 여러 책을 썼는데, 나는 이 책에서 인공영양 공급의 부작용을 설명하고 입으로 직접 씹어 먹는 일이 중요하다고 한 내용이 인상적이었다. 늙고 병들면 어쩔 수 없다고 받아들였던 여러 의료적 처치가 의료적 편의에서 실시되고 있다니, 의료인만이 아니라 조만간 간병인이 되거나 환자가 될 우리 모두가 환자에게 무엇이 최선인지 고민해야 한다는 생각이 들었다.

로버트 버크만의 《무슨 말을 하면 좋을까》(모현호스피스 옮김, 성바오로출판사, 2003)는 호스피스 안내서이지만, 호스피스 활동가가 아니라도, 또 옆에 말기 환자가 없고 당장 죽음과 아무 상관이 없더라도, 사람과 사람의 소통을 위해 읽어두면 좋은 책이다. 절판되어 구하기 힘든 게 문제인데, 몇몇 도서관에서 구할 수 있다. (도서관에서 사람들이 자주 이용하면 책을 폐기처분하지 않으니 부디 많이들 빌려 보시길!)

하버드 의대 교수인 안젤로 볼란데스의 《우리 앞에 생이 끝나갈 때 꼭 해야 하는 이야기들》(박재영·고주미 옮김, 청년의사, 2016)은 환자의 고통을 덜어주기 위한 아주 구체적인 방법을 제시하는 책이다. 그는 일곱 명의 말기 환자 이야기를 통해, 병원에서 고통스럽게 죽어가는 환자를 위한 치료법으로 '대화'를 제안한다. 환자가 무엇을 원하고 어떻게 죽음을 맞고 싶은지 의사와 터놓고 대화하는 것이 임종기 치료의 핵심이란 것이다.

대화는 어찌 보면 아주 쉽고 값싼 치료이지만, 그에 따르면 의사들에게는 오히려 "가장 어려운 시술"이라고 한다. 배운 적이 없어서다. 그래서 볼란데스는 이를 위해 의과대학에서 커뮤니케이션 교육을 강화하고, 의사가 된 뒤에도 수술 실습을 하듯이 대화술을 계속 연습해야 하며, 의사만이 아니라 환자와 가족도 이런 문제에 대해 적극적으로 대화할 준비가 되어 있어야 한다고 강조한다.

그는 중환자가 됐을 때 원하는 치료를 받고 싶다면 딱 두 가지를 해두라고 한다. 하나는 사전연명의료의향서를 쓰는 것이고, 다른 하나는 원하는 치료에 대해 가족, 친구, 의사와 미리 대화를 나누는 것이다. 그리고 환자의 이해를 돕기 위해 동영상 해법을 제시한다. 연명의료와 완화의료의 실제 과정을 영상으로 보여주고 환자와 대화하는 것이다. (그가 참여하는 단체에서 만든 http://theconversationproject.org에는 동영상의 한국어 버전도 있다.) 책 뒤에는 대화를 위한 자료도 실려 있으니 많은 사람이 이 책을 읽고 우리 생애 가장 중요한 이야기를 지금부터 열심히 나눴으면 좋겠다.

이 밖에 오래전부터 죽음학 강의를 해온 내과의사 **정현채**의 **《우리는 왜 죽음을 두려워할 필요 없는가》**(비아북, 2018)도 눈길을 끄는 책이다. 저자는 책을 준비하던 중 암 진단을 받고 수술과 항암치료를 했단다. 그래선지 평온한 죽음을 위해 준비할 것들을 자신의 경우를 들어 아주 구체적으로 이야기한다. 이 책에서 특히 눈에 띄는 것은 근사체험과 사후세계에 관한 내용이다. 그는 엘리자베스 퀴블러 로스의 죽음관을 받아들여, 죽음은 문을 열고 다른 차원으로 옮겨가는 것이며 근사체험이 그 증거라고 본다. 근사체험은 사망 선고를 받았다 살아난 경우처럼, 죽음에 가까이 갔던 경험을 말한다. 정현채는 여러 과학 자료들을 근거로 근사체험이 사실이라 주장하고 있으며 안락사에 대해서도 허용하자는 입장인데, 이는 여느 의사들의 책에선 보기 힘든 내용이다.

근사체험에 대한 저작으로 손꼽히는 것은, 철학자이자 심리학자이며 의사인 **레이먼드 무디**가 1975년에 펴낸 **《다**

시 산다는 것》(주진국 옮김, 행간, 2007. 예전에 '삶 이후의 삶'이란 원제로 나온 적도 있다)이란 책이다. 근사체험이란 말을 처음 쓴 것도 레이먼드 무디로, 이 책은 이 분야의 고전적인 저작이니 관심 있는 이들은 읽어보기를.

죽음의 사회성을 이야기하는 책

이준일의 《13가지 죽음》(지식프레임, 2015)은 '어느 법학자의 죽음에 관한 사유'라는 부제처럼, 다양한 죽음을 법적인 측면에서 조명한 보기 드문 책이다. 로스쿨 교수인 저자는 병사·뇌사·안락사·자살·변사·의문사·사형 등 13가지 죽음과 장례의식을 통해, 우리 사회의 인권의식과 죽음 인식, 생명에 대한 태도를 비판적으로 성찰한다. 법학자가쓴 책이라 하면 어렵고 건조할 것 같지만 저자의 필력 덕분에 흥미롭게 읽을 수 있다. 죽음 공부를 하면서 많은 책들이 추상적인 인문적 담론에 머물거나 아니면 존엄사, 호스피스 같은 의학적 측면에 집중되어 있어 갈증을 느끼고 있었는데, 이 책을 발견하고 무척 반가웠다. 책에 실린 풍부한 사례와 자료, 상세한 참고 목록도 공부를 해가는 데 도움이 된다.

수 클리볼드의 《나는 가해자의 엄마입니다》(홍한별 옮김, 반비, 2016)는 총기난사 사건을 벌이고 자살한 아들의 엄마가 쓴 책이다. 애도와 참회가 뒤섞인 고백록이자 심리부검서이고, 재난과도 같은 사건에서 살아남은 생존자의 보기 드문 증언이다. 살인과 자살이라는 나쁜 죽음을 겪고 싶은 사람은 없다. 수 클리볼드도 그런 일이 자신에게 닥치리라고는 상상도 안 했다. 그러나 인생이 우리에게 무엇을 줄지는 아무도 모르니, 일은 닥쳤고 저자는 최선을

다해 겪어낸다. 덕분에 우리는 나쁜 죽음을 겪는 최선의
태도를 배우게 된다. 한 사회가 이런 죽음 앞에서, 이런 죽
음을 겪는 사람들 앞에서 어떤 태도를 취해야 하는지도
배우게 된다. 무엇보다 우리가 왜 끝까지 잘 살아야 하는
지 절실히 배울 수 있다.

일본의 칼럼니스트 **야나기다 구니오**가 쓴《**내 아들이 꿈
꾸는 세상**》(이선희 옮김, 홍익출판사, 1998)은 읽은 지 퍽 오래되
었는데도 잘 잊히지 않는 책이다. 스물다섯 살 아들이 자
살을 기도했다가 뇌사 상태가 되어, 의료진의 권유로 장
기 기증을 하여 떠나보내기까지, 아버지로서 겪은 마음의
고통이 선연하다. 장기 기증은 선행이라며 권장하는 사회
적 분위기가 있지만, 이 책을 읽고 장기 기증과 뇌사에 대
해 좀 더 이야기해야 하는 게 아닐까 싶었다.

우리나라 법에선 뇌사 상태의 환자에게 연명의료를 중단해선 안 된다고 규정하고 있다. 장기 기증을 전제로 해서만 뇌사 판정을 할 수 있기 때문이라는데, 이상하지 않은가? 뇌사를 죽음이라 보기에 뇌사자의 시신에서 장기를 떼어내는 것인데, 그러면서 또 '아직' 죽은 것이 아니므로 계속 연명의료를 하라니! 이것은 뇌사자를 배려하는 것이 아니라 오히려 뇌사자의 몸을 치료용 도구로 보는 시각이다. 건강한 사람, 살아 있는 사람을 기준으로 생각하니까 이런 불합리한 법이 만들어진 것이다. 정말 건강한 사회라면, 산 사람만이 아니라 죽어가는 사람과 이미죽은 사람까지도 배려해야 한다. 그래야 죽음을 겪는 주위의 모든 사람이 살 만해지고, 모두가 덜 쓸쓸하고 덜 불안하게 살 수 있으니 말이다.

종교학자 **이소마에 준이치**의 《**죽은 자들의 웅성임**》(장윤
선 옮김, 글항아리, 2016)은 동일본 대지진 이후의 모습을 통해
죽음의 사회성, 애도의 중요성을 얘기한 책이다. 지진이
일어나고 한 달여 뒤 재난 지역을 찾아간 저자는 참혹한
현지 모습에 할 말을 잃는다. 피해자를 만나는 게 무슨 소
용이 있을까, 오히려 상처를 덧나게 하는 건 아닐까, 무력
감과 죄책감에 괴로워하던 그가 찾은 길은 경청이다. 혼
자 살아남았다고 자책하는 이들의 고백과, 말할 수 없어
고통스러워하는 이들의 신음과, 그들 안에 여전히 생생하
게 살아 있는 죽은 자들의 비명을 묵묵히 경청한다. 그리
고 사자의 말문이 되어 죽은 자와 산 자 모두의 혼을 위로
해주는 무당처럼, 그들의 원통한 웅성임을 "힘 있는 말"로
옮기려 애쓴다. 무엇보다 그는 산 자와 죽은 자, 피해자와
국외자라는 이분법에 단호히 반대한다. '나'와 '그들'을 가

르는 이분법은 누군가를 피해자로 만들고 그들을 배제하는 사회구조를 강화하기 때문이다.

가만히 있으라는 선생님 말을 따르다 74명의 어린이가 목숨을 잃은 오카와 소학교의 담벼락에는, "세계가 전부 행복해지지 않는 동안 개인의 행복은 있을 수 없다"는 미야자와 겐지의 말이 적혀 있다고 한다. 저자는 거기서 희망을 본다. 그리고 누군가를 희생양 삼아 행복을 얻는 일은 이제 그만두자고 호소한다. 그가 전하는 이야기가 바로 우리 이야기 같아서 오래 마음에 남은 책이다.

한국에도 재난과 참사 피해자는 너무나 많다. 최근 들어 이들의 목소리를 기록하는 움직임이 시작된 것은 퍽 다행이다. 세월호 참사 피해자들의 이야기를 담은 **4·16세월호참사 작가기록단**의 **《금요일엔 돌아오렴》**(창비, 2015)과

《다시 봄이 올 거예요》(창비, 2016), 서울문화재단이 기획한 《1995년 서울, 삼풍》(메모리[人]서울프로젝트 기억수집가 지음, 동아시아, 2016), 반복되는 참사들의 실상을 기록한 대한민국 재난 연대기 《재난을 묻다》(4·16세월호참사 작가기록단 지음, 서해문집, 2017), 그리고 사회적 참사라 할 수 있는 현장실습 고등학생의 죽음을 다룬 《알지 못하는 아이의 죽음》(은유 지음, 돌베개, 2019) 등이 그런 책들이다.

　나뿐 아니라 많은 이들이 이런 책은 읽기 싫어한다. 첫째는 안 읽어도 내용을 안다고 생각하기 때문인데, 막상 읽어보면 제대로 알지도 못하고 안다고 여겼구나 싶어 부끄러워진다. 또 다른 이유는 읽는 게 힘들기 때문이다. 고통을 보는 건 괴로운 일이고, 같은 사회의 일원으로서 죄책감도 느끼게 한다. 그래서 어떤 이들은 유가족을 생각해 책은 샀지만 읽지는 못하겠다고 한다. 그러나 힘들어도 한두 권은 꼭 읽기를 권한다. 진작 당사자들의 목소리가 기록되고 우리가 그 목소리에 귀 기울이고 기억했다면, 터무니없는 비극들이 그토록 오래 거듭되는 일은 막을 수 있었을 테니까. 무엇보다 참혹한 슬픔을 겪는 이들을 두 번 세 번 상처 입히는 일은 없었을 테니 말이다.

일본 최초의 유품정리인 **요시다 타이치**의 《**유품정리인은 보았다**》(김석중 옮김, 황금부엉이, 2018), 한국 최초로 유품정리 회사를 세운 **김석중의《누가 내 유품을 정리할까》**(지택코리아, 2018)는 일하면서 직접 목격한 고독한 죽음의 뒷모습을 가감 없이 전해 충격을 준다. 나 역시 객관적으로 고독사할 가능성이 높은 편이라 남의 일 같지 않은 마음으로 읽었는데, 자살자나 고독사한 사람을 발견하고 수습하는 사람들이 받는 심리적 충격과 뒤처리에 드는 사회적 비용

등을 생각하면 조력사와 같은 안락사를 허용하는 게 낫지 않나 싶다.

이 밖에도 한국 사회에서 간병 가족이 처한 암울한 현실을 적나라하게 보여주는 《간병살인, 154인의 고백》(유영규 외 지음, 루아크, 2019), 자살 유가족이 쓴 《남은 자들을 위한 길, 800km》(문지온 지음, 달금, 2016), 마을 장례와 같은 사회적 상조를 고민하는 이들이 쓴 《죽음이 삶에게 안부를 묻다》(김경환 외 지음, 검둥소, 2019) 같은 책도 우리 사회의 더 나은 죽음을 위해 읽어보면 좋겠다.

죽음에 관한 인문학적 접근

죽음에 대한 철학적·인문학적 시각이 궁금하다면, 소크라테스의 마지막을 기록한 플라톤의 《파이돈》이나 몽테뉴의

《수상록》중 죽음에 관한 내용들을 보는 것으로 시작해도 괜찮을 것이다. 그야말로 고전이니까.

내가 죽음 공부를 시작했을 때 가장 공감하며 읽었던 것은 **노베르트 엘리아스**의 **《죽어가는 자의 고독》**(김수정 옮김, 문학동네, 2012. 초판은 1998년 출간)이다. 노베르트 엘리아스는 《문명화 과정》으로 유명한 역사사회학자다. 《죽어가는 자의 고독》은 그가 1982년에 내놓은 말년의 저작으로, 120여 쪽에 불과한 작은 책이지만 내용은 묵직하다. 그는 서구의 문명화 과정에서 사회적 삶의 배후로 밀려난 대표적인 예가 성性과 죽음이라고 보고, 이 책에서 은폐된 죽음의 현실을 고찰했다. 그에 따르면 현대에 나타난 '고독한 죽음'은 문명화의 결과로, 문명이 위생적으로 죽음을 배제하면서 늙은이, 병자, 죽어가는 자는 사회에서 소외된 채 격리되어 외롭게 홀로 죽어간다는 것이다.

어찌 보면 건조한 사회과학서지만, 암 투병 중이던 어머니를 간병하며 책을 읽던 내게는 문장 하나하나가 저자의 신음처럼 들려 깊이 공감하며 읽었다. 여든다섯의 저자가 "서서히 쇠락해간다는 사실이 이 사람들을 삶으로부터 격리시킨다. 그것이 가장 힘든 것이다" 하고 말할 때 그 마음이 어땠을까, 그렇게 행간을 읽다 보면 아픈 어머니의 쓸쓸함이 보이곤 했다.

필리프 아리에스의《**죽음의 역사**》(이종민 옮김, 동문선, 2016. 초판은 1998년 출간)도《죽어가는 자의 고독》과 비슷한 시기에 읽은 책이다. 필리프 아리에스는 아날학파의 대표적인 역사학자다.《일요일의 역사가》라는 그의 자서전 제목처럼, 휴일에 역사를 연구한 아마추어 연구자였는데, 그래서 역사학계의 전통에서 벗어나 '어린이'나 '죽음' 같은 새로운 주제를 자유롭게 연구할 수 있었는지도 모르겠다.

죽음에 관한 그의 연구는 사후인 1985년에 나온 《**죽음 앞의 인간**》(고선일 옮김, 새물결, 2004)에 집대성되어 있는데 워낙 대작이라 부담스러울 수 있기에, 그보다 훨씬 얇지만 핵심 내용은 그대로 담겨 있는 《죽음의 역사》를 권한다. 여기서 그는 중세에 '친숙하던' 죽음이 현대에 '금지된' 죽음이 되기까지의 역사, 금지된 죽음이 현대인에게 초래한 비극을 설득력 있게 이야기한다.

아리에스의 책은 죽음의 역사에 관한 고전이 되었고, 앞서 소개한 노베르트 엘리아스의 책도 그 성과를 바탕으로 한다. 다만 중세 영웅담 등을 토대로 당시 사람들은 죽음을 두려워하지 않았다고 본 아리에스의 분석에 대해, 엘리아스는 이상과 현실을 구분하지 못했다고 비판한다. 그래서 나는 현대 이전의 죽음에 대해선 아리에스의 책을, 현대의 죽음에 대해선 엘리아스의 책을 참고하는 식으로 절충해 받아들였다.

엘리자베스 퀴블러 로스의 《죽음과 죽어감》이 죽어가는 과정에 대한 실증적 연구를 통해 인간의 죽음에 대한 우리의 무지를 일깨웠다면, **어니스트 베커**의 《**죽음의 부정**》(노승영 옮김, 한빛비즈, 2019. 초판은 2008년 출간)은 죽음이 인류 역사에 끼친 영향과 의미를 밝혀 우리가 모르던 인간 존재의 이면을 드러낸 문제작이다. 저자는 신경증과 정신병에 대한 전통적인 정신분석학의 설명을 비판하며 "인간의 모든 행위는 죽음을 부정하고 초월하려는 무의식적 노력"임을 보여준다. 광범위한 분야를 종횡으로 오가는 글쓰기도 그렇고, 전에 들어보지 못한 이야기가 많아서 읽기는 어렵지만 수고한 보람이 있는 역저다.

《죽음의 부정》이 너무 어렵다면 그의 학문적 맥을 잇는 **셸던 솔로몬·제프 그린버그·톰 피진스키**가 함께 쓴《슬픈 불멸주의자》(이은경 옮김, 흐름출판, 2016)를 먼저 읽어도 좋겠다. 《죽음의 부정》은 베커 사후에 풀리처상을 수상하며 인정을 받았지만 학계는 여전히 냉담했다고 한다. 1984년 셸던 솔로몬 등 세 명의 심리학자가 그의 연구를 기반으로 '공포관리 이론'을 발표했을 때도 심리학계는 '증거가 없다'며 무시했다. 그들은 이에 맞서 30년간 공동연구를 계속했고, 마침내《슬픈 불멸주의자》를 증거로 내놓았다. 온갖 분야의 자료가 망라된 이 책은 종교, 문화, 철학, 정치, 경제, 식습관까지 모든 인간 행동의 바탕에 죽음의 공포가 자리하고 있음을 보여준다.

저자들은 고대 도시의 발달부터 20세기 파시즘의 지배까지 인류 역사를 새롭게 재해석하고, 다양한 실험을 통해 인간 심리에 드리운 공포의 그림자를 증명한다. 일례로 국가와 민족에 대한 충성심은 불안한 개인에게 집단적 불멸성이라는 안전판을 제공한다. 하지만 안전판은 안전을 보장하지 못하고(사람은 결국 죽는다) 오히려 자기기만과 도취, 환상을 부추기는데, 자존감이 낮고 두려움에 압도된 사람일수록 여기에 현혹되며 때론 공동체 전체가 눈먼 환상을 좇기도 한다. 사회적으로 불안한 시기에 국가와 영생을 외치는 독재자, 근본주의자가 득세하는 것, 대량학살이 벌어지고 끔찍한 전쟁이 일어나는 것도 이 때문이다. 책을 읽고 나면 죽음을 직시하고 두려움을 인정하는 것이 한 개인은 물론 사회 전체적으로 얼마나 중요한 일인지 깨닫게 된다.

장 폴 사르트르를 비롯한 여러 실존주의 철학자들의 죽음에 관한 성찰을 담은 《죽음의 철학》(정동호·이인석·김광윤 편역, 청람, 2004)은 절판되어 도서관에서 빌려 본 책인데, 이 책에서만 볼 수 있는 글들이 있어 소개한다. 사르트르, 하이데거, 야스퍼스 등 유명 철학자들의 글도 있지만, 내 관심을 끈 것은 오이겐 핑크, 뵈르너 푹스, 오토 프리드리히 볼노우 등 생소한 학자들의 논문이었다. 특히 릴케의 죽음 인식을 분석한 볼노우의 글과, 죽음의 사회성을 분석한 푹스의 글은 다른 데서는 볼 수 없던 내용이라 오래 뇌리에 남았다.

가장 흥미로운 것은 뵈르너 푹스가 사형수의 자살에 대해 이야기한 부분이다. 그는 사형수가 자살하지 못하도록 감시하고, 자살 기도로 다친 경우 건강을 회복할 때까지 기다렸다가 사형을 집행한 것을 예로 들면서, 공권력에 의한 죽음은 공권력 자신만이 집행해야 한다는 지배기구의 의지를 보여준다고 설명한다. 사회가 자살을 금기시 하는 것은 죽음에 대한 지배기구의 통제력을 유지하기 위해서라는 것이다. 사형수의 건강을 챙기는 건 인권을 위해서라고만 생각했다가 깜짝 놀랐다. 죽음이 가장 강력한 지배의 도구라는 그의 주장에 고개가 끄덕여졌다.

이 밖에 고대 그리스·로마 시대부터 현대까지 안락사의 역사를 꿰뚫는 **이안 다우비긴**의 《**안락사의 역사**》(신윤경 옮김, 섬돌, 2007)는 안락사 논쟁을 이해하는 데 큰 도움이 되고, 유명한 과학 에세이스트이자 생물학자인 **베른트 하인리히**의 《**생명에서 생명으로**》(김명남 옮김, 궁리, 2015)는 다양한 생명체의 죽음과 순환 과정을 그려 장례와 매장에 대해 다시 생각하게 한다. 생화학자 **조지 윌드**의 《**우리는 어디에서 어디로 가는가**》(전병근 옮김, 모던아카이브, 2019)도 우주의 기원부터 생명과 인간과 죽음의 기원까지 쉽게 가르쳐주는 좋은 책인데, 특히 4장 '죽음의 기원'은 여러 생물의 놀라운 죽음 이야기가 마음을 흔든다.

부디 이 책들이 죽음을 준비하고 이야기하는 데 조금이나마 도움이 되면 좋겠다. 그래서 우리 모두 두려움은 덜고 사랑은 깊어지는 삶을 살기를.

미
주

1   롤랑 바르트, 김진영 옮김,《애도 일기》, 이순, 2012, 22쪽.

2   위의 책, 62쪽.

3   헬렌 맥도널드, 공경희 옮김,《메이블 이야기》, 판미동, 2015,
    74쪽.

4   어빈 얄롬, 이혜성 옮김,《폴라와의 여행》, 시그마프레스, 2006,
    176쪽.

5   요한 페터 에커만, 장희창 옮김,《괴테와의 대화 1》, 민음사,
    2008, 159쪽.

6   최문규,《죽음의 얼굴》, 21세기북스, 2014, 54-55쪽.

7   기시모토 히데오,《죽음을 바라보는 마음》중에서. 야마가타
    켄지, 김수호·김의호 옮김,《인간답게 죽는다는 것》, 군자출판사,
    2015, 34쪽에서 재인용.

8   마르틴 하이데거,《존재와 시간》제2편 제2장에서 인용.
    인용문은 이인석 옮김,〈현존재의 가능한 전체존재와 죽음을
    향한 존재〉,《죽음의 철학》, 청람. 2004, 194-196쪽과 박찬국

지음,《하이데거의 존재와 시간 강독》, 그린비, 2014,
335-336쪽을 토대로 약간 수정하여 옮겼다.

9   위와 같음.

10 톨스토이, 박형규 옮김,《안나 카레니나 2》, 문학동네,
221-222쪽.

11 오츠 슈이치, 박선영 옮김,《삶의 마지막에 마주치는 10가지
질문》, 21세기북스, 2011, 135-136쪽에서 재인용.

12 비스와바 쉼보르스카, 〈두 번은 없다〉(부분), 최성은 옮김,《끝과
시작》, 문학과지성사, 2007.

13 셔윈 B. 눌랜드, 명희진 옮김,《사람은 어떻게 죽는가》(《사람은
어떻게 죽음을 맞이하는가》와 같은 책이다), 세종서적, 2008, 84쪽,

14 오츠 슈이치, 박선영 옮김,《삶의 마지막에 마주치는 10가지
질문》, 21세기북스, 2011, 28쪽.

15 허대석,《우리의 죽음이 삶이 되려면》, 글항아리, 2018, 159쪽.

16 박완서, 〈부처님 근처〉,《부끄러움을 가르칩니다》(박완서
단편소설전집 1), 문학동네, 2013, 120쪽.

17 칼 사피나, 김병화 옮김,《소리와 몸짓》, 돌베개, 2017,
176-177쪽.

18 로버트 버크만, 모현호스피스 옮김,《무슨 말을 하면 좋을까》,
성바오로출판사, 2003, 23-24쪽.

참
고
도
서

고광애,《나의 아름다운 죽음을 위하여》, 서해문집, 2013.

김열규,《메멘토 모리, 죽음을 기억하라》, 궁리, 2001.

김형경,《좋은 이별》, 사람풍경, 2012.

데이비드 리프, 이민아 옮김,《어머니의 죽음》, 이후, 2008.

빌 헤이스, 양병찬 옮김,《해부학자》, 알마, 2020.

수전 손택, 이재원 옮김,《은유로서의 질병》, 이후, 2002.

스티븐 그린블랫, 이혜원 옮김,《1417년 근대의 탄생》, 까치, 2013.

시몬 드 보부아르, 성유보 옮김,《아주 편안한 죽음》, 청년정신, 2015.

야나기다 구니오, 김성연 옮김,《암, 50인의 용기》, 바다출판사, 2017.

장 아메리, 김희상 옮김,《자유 죽음》, 산책자, 2010.

정동호 외,《철학, 죽음을 말하다》, 산해, 2004.

최문규,《죽음의 얼굴》, 21세기북스, 2014.

최준식,《삶을 여행하는 초심자를 위한 죽음 가이드북》, 서울셀렉션,
    2019.

케이티 로이프, 강주헌 옮김,《바이올렛 아워》, 갤리온, 2016.

파드마삼바바, 류시화 옮김,《티벳 사자의 서》, 정신세계사, 1995.

필립 로스, 정영목 옮김,《아버지의 유산》, 문학동네, 2017.

헬렌 맥도널드, 공경희 옮김,《메이블 이야기》, 판미동, 2015.